Kaleb

Sara Rivers

AF187326

KALEB

Sara Rivers

Impressum

Copyright © 2019 by Sarah Stankewitz
Burgstraße 21
16909 Wittstock

Coverdesign: Sarah Buhr, www.covermanufaktur.de unter
Verwendung von Bildmaterial von shutterstock.com
Korrektorat und Lektorat: Sabine Wagner, KoLibri-
Lektorat

Herstellung und Verlag, BoD, Norderstedt
ISBN: 9783749497904

Für jeden, der nur die Abgründe kennt.
Nach jedem Down kommt ein High.

PLAYLIST

Silverstein - My Heroine

The Swellers - The Best I Ever Had

ITCHY - The Last of Us

Against The Current – Demons

AFI - Hidden Knives

Artist Vs Poet - Broke But Not Broken

KALEB

Vergangenheit

»Ey, Nolan!« Julien packt mich an den Schultern und rüttelt mich, als müsste er mich aus einem Albtraum wecken. Ich sehe mich um. Zig Jugendliche wie ich feiern ihr Leben, überall stinkt es nach Zigarettenqualm und Marihuana, die Mädchen tragen Klamotten, die kaum die wichtigsten Stellen bedecken, und mittendrin bin ich mit einem Bier in der Hand an der Bar. In diesem Moment ist meine größte Sorge, dass ich schon den Boden der Flasche sehen kann und keine Kohle mehr dabeihabe, um mir eine neue zu holen.

Sieht nicht aus wie ein Albtraum.

Viel eher wie ein perfekter Abend.

Ein Abend, der mich ablenken kann und an dem ich nicht in diesem Haus versauere, das sich mittlerweile wie mein Gefängnis anfühlt. Weil *sie* es zu einem gemacht haben.

»Was gibt's, Alter?« Mein Kumpel gesellt sich zu mir an die Bar. Das hier ist weit und breit der einzige Schuppen, der sich nicht darum kümmert, dass die Hälfte der Besucher noch minderjährig ist. Außerdem kommt man hier mit gefälschten Ausweisen fast überall rein und Julien weiß, wo man die am besten herkriegt. Zu meinem Glück sehe ich deutlich älter aus als fünfzehn und so hat nie einer mein Alter infrage gestellt.

Bis jetzt hat meine Familie das gefälschte Dokument zum Glück noch nicht gefunden, sonst würde aus dem normalen Gefängnis auch ziemlich schnell ein Hochsicherheitstrakt werden, in dem man mich wie Lincoln Burrows in *Prison Break* zu Unrecht auf den elektrischen Stuhl packt.

Phoenix wüsste sicher die ein oder andere Methode, wie er mich an das Haus ketten könnte, damit ich keine Scheiße mehr baue.

»Geile Party, oder?« Gemeinsam stoßen wir an und mein Blick wandert wieder durch den Laden. Der Club hat sicher auch schon bessere Tage hinter sich, die Wände sind mit bunten Graffitis beschmiert, die Holzbalken sehen marode aus und der Pool, der diesen Ort so besonders macht, war definitiv schon mal gepflegter. Kein Wunder, wenn ständig Gäste ihre Drinks ins Wasser schütten, weil sie nicht mehr geradeaus gehen können.

Früher war dieses Gebäude ein Hotel namens *Clinique*, und wenn man mich fragt, war es sogar ein schweineteures, aber nachdem die Besitzer Insolvenz beantragen mussten, ist es verkommen. Bis jemand auf die Idee kam, hieraus diesen Club zu machen, in dem man günstig an Drinks kommt und zu grässlicher Musik tanzen kann.

Nicht, dass ich jemals auf die Idee kommen würde, zu tanzen. Und so verbringe ich die meiste Zeit meines jungen Lebens im *Poison*. Viele Leute hier kenne ich vom Sehen, andere sogar besser, und ich muss gefühlt sekündlich meine Hand heben, um irgendwen zu begrüßen. Die meisten davon sind mir jedoch egal und ich erinnere mich nicht einmal an ihre Namen.

»Nicht übel.« Mein Blick wandert zur Uhr in der Ecke hinter der Bar. Es ist weit nach Mitternacht und eigentlich sollte ich längst zu Hause sein und in meinem Bett liegen. Phoe wird mir die Hölle heiß machen, wenn ich wieder zu spät komme. Vermutlich hockt er schon auf dem Sofa im Wohnzimmer und wartet, bis ich heimkomme. Aber erstaunlicherweise ist es mir egal. Zu Hause erwartet mich nichts. Nichts, was sich noch lohnen würde.

Mom ist kaum noch da, und wenn, dann pennt sie ihren Rausch der Nacht aus. Wenn sie nicht gerade wach liegt und ihrem Ex hinterhertrauert. Raven hat sich vor einigen Monaten verpisst, weil er keinen Bock mehr auf uns hatte, und seitdem befindet Phoe sich auf diesem seltsamen Trip, bei dem er glaubt, unser aller Leben bestimmen zu können. Vor allem auf mich hat er es besonders abgesehen.

Wieso?

Die Antwort darauf suche ich immer noch jeden Tag, an dem ich mit ihm unter einem Dach lebe und mir seinen Bullshit anhören muss.

Früher hatten mein Bruder und ich ein gutes Verhältnis. Das war, bevor er unseren kleinen Bruder auf dem Gewissen hatte und unsere ganze Familie ruiniert hat. Jetzt halte ich es kaum noch in einem Raum mit ihm aus, so wie er es kaum noch erträgt, mir in die Augen zu sehen.

Etwas, das ihn nicht daran hindert, mir ständig zu folgen und mich wie ein Kleinkind nach Hause zu schleifen, wenn ich nicht das mache, was er von mir verlangt. Ich kann mich glücklich schätzen, wenn er mich heute nicht findet und vor allen blamiert. Wäre immerhin nicht das erste Mal.

Zu meinem Glück haben die meisten Leute einen Heidenrespekt vor ihm und würden es sich nicht mal im Traum wagen, mich deshalb aufzuziehen. Viele wollen sein wie er: gut aussehend, tätowiert, und … ein stadtbekannter Dealer. Ich bin mir sicher, dass die Hälfte der Leute hier Pillen in den Taschen hat, die von seinem nicht sehr geheimen Versteck unter den Holzdielen in seinem Zimmer stammen.

»Wer ist denn die Kleine da drüben?« Julien lockt meine Aufmerksamkeit auf ein Mädchen, das am Pool sitzt und ihre Beine ins Wasser hält. Im Vergleich zu den meisten trägt sie ein knielanges Kleid, das fast alles von ihrem schmalen Körper verdeckt. Ihre blonden Haare fallen in Wellen über ihre Schultern und sie sieht gedankenversunken auf das beleuchtete Wasser. Ohne sich davon stören zu lassen, dass dieses Pärchen neben ihr im Wasser heftig fummelt und vermutlich gleich darin fickt. Direkt vor ihrer Nase. Wäre auch nicht das erste Mal, dass so was hier passiert. Ich sagte ja – hier interessiert man sich eigentlich für gar nichts. Drogen? *Scheiß drauf.* Öffentlicher Sex? *Nahezu willkommen.* Prügeleien? *Bringen wenigstens Schwung in die Bude.*

»Noch nie gesehen«, murmle ich und nehme einen Schluck meines Coronas, ohne sie dabei aus den Augen zu lassen. Das Mädchen ist so anders als der Rest hier, wie ein Farbklecks in der Dunkelheit. Wenn sie eines der Graffitis an den Wänden wäre, dann das von dem Wolf hinter der Bar. Es ist mit Abstand das schönste hier und das einzige, was ich als Kunst ansehen würde. Ich fahre mit den Augen ihre Umrisse nach und bekomme nichts mehr mit. Nicht, was Julien zu mir sagt, nicht, dass sich irgendwelche Jungs mit mir unterhalten wollen, einfach gar nichts.

Wie in Zeitlupe stoße ich mich von der Bar ab und gehe zum Pool herüber. Das Pärchen verzieht sich, sobald ich mich ihnen nähere. Mit gesundem Abstand

11

bleibe ich neben ihr stehen und setze mich hin. Der Boden ist nass und meine Jeans schnell durchweicht, aber das ist mir egal.

Die Musik ist in dieser Ecke abgedämpft und ich kann mich voll und ganz auf ihren Anblick konzentrieren. Von Nahem sieht sie noch schöner aus. Eine kleine, geschwungene Nase, hohe Wangenknochen und große Augen. Keine Ahnung, welche Farbe sie haben, aber ich bin mir sicher, dass sie genauso leuchten wie das Wasser, in dem ihre Füße kleine Bahnen ziehen.

»Willst du mich noch weiter beobachten oder willst du dich nicht lieber vorstellen?« Ihre stechenden Augen ertappen mich und ich verschlucke mich an meinem Bier. Die Flasche stelle ich neben mir ab.

Fuck.

Sie denkt sicher, ich wäre ein totaler Nerd, der sie angafft und sich nicht traut, sie anzusprechen. Dabei gehöre ich sicher nicht zu diesen Typen - sonst wäre ich an einem Donnerstagabend wahrscheinlich zu Hause und würde lernen, anstatt hier zu sein. Das hier ist meine Art der Rebellion. Mein Weg, es meinem Bruder und seiner Kontrollsucht über mich heimzuzahlen.

»Wer sagt, dass ich dich angestarrt habe?«

Sie legt den Kopf schief, sagt aber nichts dazu. Ihre Wangen sind gerötet, ihre Lippen leicht geöffnet. Sie zieht ihre Beine aus dem Wasser, schüttelt die Tropfen ab und dreht sich in meine Richtung. Ein Fußkettchen baumelt an ihrem rechten Knöchel, das mit dem türkisfarbenen Stein in der Mitte schlicht wirkt und doch meine Aufmerksamkeit auf sich zieht.

»Skylar.« Sie hält mir ihre Hand hin und kurz frage ich mich, ob ich nicht einfach abhauen sollte. Ich benehme mich wie ein Teenager. Was daran liegen könnte, dass ich einer bin. Aber ich will Phoe beweisen, dass ich kein kleiner Junge mehr bin, den er dominieren kann. Und in dieser Sekunde werde ich zu einem verdammten Kleinkind, das sich nicht mal traut, mit einem Mädchen zu reden. Ich lege meine Hand in ihre und spüre sofort, wie weich ihre Haut ist.

Scheiße.

Mein Atem geht schneller.

Sie fühlt sich sicher überall so weich an.

»Aber nenn mich ruhig Sky.« Sie grinst breit. »Und wer bist du?« Sie lässt ihre Hand aus meiner gleiten und ich muss einen neuen Schluck nehmen, um mich abzulenken. Feigling.

Bis jetzt hätte ich mich als ganz normalen Kerl mit gesundem Selbstbewusstsein bezeichnet, aber gerade fühle ich mich klein wie eine Made. Mein Blick wandert zur Flasche und auf den leeren Boden.

Mist.

Ich lasse die leere Pulle zur Seite rollen und konzentriere mich stattdessen auf das Gespräch.

»Kaleb«, antworte ich schmallippig. Normalerweise fällt es mir nicht schwer, zu flirten, aber heute ist alles anders. In meinem Rücken spüre ich Juliens Blicke und kann sein Lachen förmlich hören. Er denkt, dass ich es eh verkacken werde. *Zeit, ihm zu zeigen, dass er sich irrt.*

Aber wie? Die meisten Mädchen in meiner Umgebung sind ganz anders als dieses. Angriffslustig. Aufdrängend. Und garantiert nicht so hübsch wie sie.

»Also, Sky. Wo kommst du her? Ich hab dich hier noch nie gesehen«, versuche ich mich an billigem Small Talk. Sie setzt sich in den Schneidersitz und greift hinter sich. Als Nächstes setzt sie die Flasche mit dem Mixgetränk an ihren Mund und nimmt einen Schluck. Als sie es wieder absetzt, sind ihre Lippen feucht. Etwas, das es mir schwer macht, den Blick davon abzuwenden.

»Ich komme von hier. Aber du hast recht, normalerweise hänge ich eher weniger in solchen Schuppen ab. Ist mein erstes Mal hier.« *Ich könnte dafür sorgen, dass du nie wieder woanders sein willst.* Ein Spruch, der zwar auf meinen Lippen liegt, den ich mir aber klemme. Sie sieht nicht aus wie ein Mädchen, das auf so was anspringt. Ich will ihr gerade antworten, als mein Handy nervig in meiner Jeans vibriert.

Ich werfe einen Blick auf das Display und verkrampfe mich. Es war nur eine Frage der Zeit, bis er anrufen würde, um mich zu kontrollieren. Und es wird auch nur eine Frage der Zeit sein, bis er mich hier gefunden hat und herkommt. Die Orte, an denen ich abhänge, sind schließlich immer dieselben. Man kann sie quasi an einer Hand abzählen.

Phoe würde jeden dieser Orte nacheinander systematisch durcharbeiten, nur, um mich zu finden. Schon mehr als einmal ist daraus ein Spiel geworden, das ich am Ende jeder Nacht verloren habe. Manchmal befürchte ich, dass er mir einen Peilsender eingepflanzt hat, anders kann ich mir nicht erklären, wieso er immer gewinnt.

»Willst du nicht rangehen?« Skylar deutet auf mein Handy, aber ich schüttle nur den Kopf, drücke das Gespräch weg und schiebe das Telefon zurück in die Versenkung. Dafür werde ich einen Haufen Ärger bekommen, was mir in diesem Moment herzlich am Arsch vorbeigeht. Phoe soll wissen, dass ich mich nicht mehr von ihm beherrschen lasse.

»Das ist nur mein großer Bruder, der mich zur Sau machen will, weil ich unsere Abmachung gebrochen habe. Ich sollte längst zu Hause sein.« Wieso rede ich eigentlich mit ihr darüber? Ich spreche nicht mal mit meinen Freunden über meine Familie und das, was in meinem Gefängnis abgeht. Sky nickt, als wüsste sie genau, wovon ich spreche. Ob sie ähnliche Erfahrungen gemacht hat? Vielleicht hat sie auch einen tyrannischen Bruder, der ihr vorschreiben will, wie sie ihr Leben zu leben hat.

Ein breites Grinsen entfaltet sich auf ihrem Gesicht, und dann greift sie nach dem Saum ihres schwarzen

15

Kleides und streift es sich ab. Mein Blick wandert von ihren nackten Oberschenkeln, hoch zu ihrem schwarzen Slip, vorbei an ihrem Bauch und hinauf zu ihren Brüsten. Die verdammt noch mal nackt sind.

Ein Husten bleibt in meiner Kehle stecken, das ich um jeden Preis verbergen will. Aber wie zur Hölle? Bis eben dachte ich, dass sie eher prüde ist, und jetzt legt sie vor den Augen des ganzen Clubs einen Strip hin?

Sky wirft das Kleid zur Seite und es dauert nicht lang, bis die ersten Pfiffe von irgendwelchen Typen hinter uns ertönen. Mein Mund wird trocken und ich kämpfe damit, sie nicht anzustarren wie ein Alien. Dafür, dass sie die Einzige hier war, die anständige Klamotten trug, ist sie jetzt ziemlich nackt.

»Da muss ich deinen Bruder leider enttäuschen.« Sie gleitet elegant ins Wasser und taucht einmal ab, sodass alles bis zu ihrem Hals nass ist, inklusive ihrer Haarspitzen, die jetzt an ihrer gebräunten Haut kleben. Wie es sich anfühlen würde, ihr die Haare von der Haut zu streichen?

Ich spüre, wie mein Schwanz hart wird bei ihrem Anblick und schlucke schwer. Sie dreht sich im Kreis und winkt mich zu sich. Hinter uns haben sich Schaulustige gesammelt und es wird nicht mehr lange dauern, bis sich die ersten zu ihr ins Wasser gesellen, weil sie denken, dass Sky leichte Beute ist. Doch auch, wenn es auf den ersten Blick so wirkt, bin ich mir sicher, dass man es bei ihr nicht leicht hat. Sie wirkt nicht wie ein Mädchen, das sich auf jeden einlässt. Viel eher wie eines, das weiß, was es will und genau das bekommt. Und ihr Blick sagt, dass sie im Moment nur eines will. Mich.

»Sag deinem Bruder, dass du heute Nacht mir gehörst.« Diese Worte kommen so selbstverständlich über ihre Lippen, dass ich, ohne zu zögern, alles tun würde, was sie sagt.

Würde sie mich fragen, ob ich heute Nacht mit ihr durchbrenne, wäre ich sofort dabei. Ich hole mein Handy heraus, schreibe Phoe, dass er mich mal kann, und streife mir anschließend das Shirt ab. An die Konsequenzen denke ich keine Sekunde.

Skylars Blicke scannen meinen Oberkörper – sie versteckt nicht einmal, dass ihr gefällt, was sie sieht. Es dauert nicht lange, bis ich auch meine Jeans ausgezogen habe und nur noch in Shorts am Beckenrand sitze. Ich springe ins Wasser und genieße die Abkühlung. Meine Gedanken sind eindeutig zu heiß. So wie sie.

»Geht doch«, ruft sie mir zu und bewegt sich weiterhin anmutig im Pool. Ihre Haut glänzt unter dem Licht, und während alle anderen auf ihre nackten Titten starren, kann ich nur ihr Gesicht ansehen. Ihre dichten Wimpern, das Wasser, das sich in ihren Augen spiegelt. Diese verführerischen Lippen …

»Wer zur Hölle bist du?«, frage ich sie, obwohl ich mich stoppen sollte. Sie zuckt mit den Schultern, ohne mir zu antworten.

17

Stattdessen verliert sie sich in ihrer eigenen Welt. Hier im Pool, so, als gäbe es nur sie und mich. Niemanden sonst. Und ich frage mich, ob ich je die Antwort auf meine Frage erhalten werde.

KALEB

Gegenwart

Ich schiebe den Fraß von einer Seite zur anderen. Das, was sich da auf meinem Teller befindet, ist alles, nur kein Essen. Mein Blick wandert auf die Uhr an der Wand und auf die Sekunde genau wird die Tür zu meinem Zimmer geöffnet.

Mom, Kade und Phoe platzen herein und ich stoppe sie, bevor sie überhaupt anfangen können, ihre alberne Show für mich abzuziehen. »Nicht.« Alle sehen mich perplex an, dabei können sie sich denken, was ich zu sagen habe. Dass ich darauf verzichten kann, einen auf heile Welt zu machen.

»Kommt nicht auf die Idee, jetzt für mich zu singen.« Mom lässt enttäuscht ihre Schultern hängen, während Kade mich nur mitleidig ansieht und Phoes Blick erstarrt. Früher hat immer die ganze Familie gesungen, wenn einer von den Nolans Geburtstag hatte, und ich mochte es sogar. Mochte, dass wir diese alberne Tradition hatten, weil es sich jedes Mal so familiär angefühlt hat. Dass wir jedes Mal zusammen gefrühstückt und jeden Abend gemeinsam alte Filme geschaut haben, bis alle Seite an Seite eingepennt sind. Aber heute nicht. Heute will ich einfach nur darauf scheißen. Mittlerweile wird nur noch Summers Geburtstag gefeiert, weil sie nicht unter unserer kaputten Vergangenheit leiden soll.

»Herzlichen Glückwunsch, mein Schatz.« Mom kommt zu meinem Bett herüber, ignoriert meine patzige Begrüßung, und drückt mir einen Kuss auf die Stirn. *Heuchlerisch.* Das ist alles, was mir dazu einfällt. Als Nächstes kommt Kade auf mich zu und boxt mir brüderlich gegen den Arm. »Happy birthday, Bro.« Seine Augen sagen so viel mehr, aber ich ignoriere die stumme Botschaft in seinem Blick. Ich bin stur und das sollen sie spüren. Immerhin hätte Kade für mich einstehen können, als Ravens Freundin von dieser Einrichtung erzählt hat. Aber niemand hat für mich eingestanden. Keinen hat es interessiert, was ICH will. Stattdessen waren sich alle einig, dass ich ihnen ein Klotz am Bein bin, der besser in dieser Klinik für Junkies aufgehoben ist.

»Raven und Summer kommen auch gleich nach.« Wunderbar. Alle werden hier sein und sehen, wie bemitleidenswert ich bin. Phoenix sagt nichts, er steht einfach nur in der Ecke des Raumes und sieht sich hier drin um. Seine Miene ist wie immer eiskalt. Ob sich unser Verhältnis jemals normalisieren wird? Nach dieser Aktion sicher nicht. Manchmal glaube ich, dass er sich unsere alte Verbundenheit zurückwünscht, doch jedes Mal, wenn wir einen Schritt nach vorne machen, knallen wir wieder meterweit zurück.

»Schönes Gefängnis, nicht wahr?«, spotte ich und kann immer noch nicht glauben, dass sie mir das tatsächlich angetan haben. Phoe hat schon immer über mein Leben bestimmt, aber damit ist er wirklich zu weit gegangen. Damit sind sie alle zu weit gegangen.

»Komm mal wieder runter, Kaleb.« Sein Knurren hätte mich vor drei Jahren noch eingeschüchtert, mittlerweile macht es mir nichts mehr aus. Mom sieht beschämt weg und Kade tätschelt ihren Arm, um sie zu trösten. Es tut gut, sie wieder so am Leben teilhaben zu sehen, aber sie befindet sich nicht in der Position, mich belehren zu können. Wie oft kam sie sturzbetrunken heim oder hing auf Phoenix' Armen, weil sie nicht mehr laufen konnte? Zu oft. Und definitiv hat sich dieses Bild so sehr in meine Netzhaut gebrannt, dass ich nichts anderes mehr sehen kann, wenn sie vor mir steht.

»Was? Wieso sollte ich runterkommen? Denkt ihr, dass ich einen auf heile Familie mache, nur, weil ihr an meinen Geburtstag gedacht habt? Falls ihr es vergessen habt«, presse ich hervor. »Ihr habt mich hierhin abgeschoben wie einen Hund ins Tierheim. Also lebt mit den Konsequenzen.« In dieses alberne Haus voller

Junkies, die ihr Leben nicht im Griff haben. Selbst, wenn ich hier reinpasse, sollte ich nicht hier sein.

Mein Kopf schmerzt seit Tagen und dieses stetige Hämmern hinter meinen Schläfen macht mich verrückt. Von dem Zittern ganz abgesehen, das mich fast jede Nacht vom Schlafen abhält. An die letzte Nacht, in der ich durchgeschlafen habe, kann ich mich schon lange nicht mehr erinnern. Vermutlich war ich da noch high. Und ich wäre es gern wieder.

»Das stimmt nicht und das weißt du auch«, hält Kade dagegen. Er ist der Einzige, auf den ich nicht wirklich sauer bin, auch wenn ich genug Grund dazu hätte. Er und Summer. Der Rest kann mir gestohlen bleiben.

Vor allem Raven. Erst verpisst er sich aus unserem Leben und jetzt will er wieder ein Teil davon sein? Er hat nicht mal die Eier in der Hose gehabt, sich für sein Verschwinden zu entschuldigen und ich bin mir sicher, dass er es auch nicht mehr nachholen wird.

»Hättest du dich auf dem Kampf nicht mit irgendwelchen Drogen abgeschossen, wärst du jetzt zu Hause und nicht hier. Du musst kapieren, dass deine Handlungen zu Konsequenzen führen.«

Phoe erinnert mich an meinen letzten Absturz. Der Abend liegt nur noch wie ein dunkler Schleier in meinem Gedächtnis, ich weiß nicht mal mehr, woher ich das Zeug hatte, das ich mir an diesem Abend eingeschmissen habe. Alles, was ich weiß, ist, dass es sich gut angefühlt hat, alle Stimmen in mir zu eliminieren.

Ich wollte doch nur die Schreie zum Schweigen bringen.

Wieso versteht ihr das nicht? Dabei bin ich mir insgeheim sicher, dass Raven und Phoe bestens verstehen, wie es sich anfühlt, mit diesen Stimmen leben zu müssen. Beide hatten jahrelang ihre eigene Art und Weise gefunden, damit umzugehen. Raven hat seine Fäuste sprechen lassen, Phoe die Tüten in seinem Kofferraum, wenn er zu einem Deal gefahren ist.

»Hättest du nicht mit dem Dealen angefangen, hätte ich nie welche genommen«, werfe ich ihm vor. Ich weiß, dass er nicht Schuld daran ist, aber es macht mir Spaß, ihn meine Wut fühlen zu lassen. Das schlechte Gewissen soll ihn ficken, so wie mich das Leben jeden Tag.

»Das ist nicht fair.« Das erste Mal zeigt er Emotionen und fast tut er mir leid. Seine blauen Augen, die dieselbe Maserung wie meine haben, funkeln. Meine Mutter wuselt hektisch in ihrer Handtasche herum, zieht ein Geschenk heraus und legt es mir auf den Beistelltisch. Sie will ablenken, darin war sie schon immer am besten.

»Wir sind nicht hier, um zu streiten, Schatz«, setzt sie noch hinterher. Das kleine, in silbernes Papier eingepackte Geschenk ignoriere ich, und als würde mir jemand zu Hilfe eilen wollen, wird die Zimmertür ein weiteres Mal geöffnet. Das Erste, was ich sehe, sind

Ravens grünblaue Augen, die mich mit seltsamem Blick ansehen. Das Zweite ist der kleine Wirbelwind, der sich jetzt auf mich stürzt. Summer presst sich an meine Brust, krabbelt auf meinen Schoß und grinst mich mit ihrer Zahnlücke breit an. Immer, wenn ich sie sehe, dreht sich die Welt wieder in ihrer richtigen Bahn. Sie trägt eine Palme und ihre leichten Locken hüpfen bei jede ihrer Bewegungen.

»Alles Gute zum Schlüpftag, Kaykay«, fiepst sie und für einen kurzen Moment vergesse ich all die negativen Gefühle in mir. Summer schafft es jedes Mal, mich runterzubringen, selbst wenn der Rest meiner Familie hier auftaucht und mich nervt. Sie könnte mich nie nerven.

»Danke, Minnie.« Ich drücke ihr einen Kuss auf die Wange und sie dreht sich kichernd zu den anderen um, bleibt aber auf mir sitzen wie auf einem Stuhl.

»Die Torte!« Sie deutet auf Raven, der mit einem Karton in der Hand eintritt und ihn mir reicht. Ich öffne ihn einen Spalt und entdecke einen Schokoladenkuchen. Meinen Lieblingskuchen, seit ich denken kann.

Dass mir bei seinem Anblick das Wasser im Mund zusammenläuft, weil ich den Fraß hier nicht herunterkriege und fast verhungere, ignoriere ich. Sie sollen nicht denken, dass durch ein bisschen Teig alles wieder gut ist. »Happy birthday, Kaleb.« Raven ist derjenige, zu dem ich am wenigsten Bindung habe. Was daran liegen könnte, dass er zur prägendsten meiner Zeiten verschwunden ist und nie da war. Er war nicht da, als Phoenix seine Ausraster hatte. Nicht, als Kade wegen seiner Sexualität nicht weiterwusste und auch nicht, als ich das erste Mal Drogen genommen habe. Als ich das erste High hatte.

Mit ihr.

Und auch nicht, als das erste Down kam.

Ihretwegen.

»Also, was machen wir jetzt?« Mom klatscht in die Hände, während Kade meine zehn Quadratmeter hier drin begutachtet wie ein Hotelzimmer und Phoe aus dem Fenster starrt. Mein Satz hat gesessen und innerlich triumphiere ich, weil ich das erste Mal das Gefühl habe, ihn in der Hand zu haben. Fast fühlt es sich an, als hätten sich die Karten gewendet.

»Wir -« Ich drücke Summer fest an mich und nutze sie als Schutzschild gegen den Rest meiner Familie. »- machen gar nichts.« Genervt sehe ich zur Uhr. »In ein paar Minuten muss ich zu meiner ersten Therapiestunde.« Ich setze ein gefälschtes Grinsen auf und spüre, wie die Stimmung im Raum rapide abnimmt, genau wie die Temperatur. Phoenix donnert seine Faust auf das Fensterbrett und steuert den Ausgang an.

»Das hat keinen Sinn. Lasst uns abhauen.« Mein Mundwinkel zuckt, dieses Mal sogar ernst gemeint. Nicht jeder schafft es, aus ihm solche Gefühle hervorzukitzeln. Ich schaffe es hingegen jedes Mal.

Meinen Bruder auf die Palme zu bringen, könnte man als mein Spezialtalent bezeichnen. »Phoenix, jetzt warte doch. Es ist doch sein Achtzehnter«, wimmert Mom, aber ich schreite sofort ein.

»Er hat recht. Das hat wenig Sinn, weil ich gleich in diese alberne Therapie muss, in der ich anderen Teenies mein Herz ausschütten soll.« Allein beim Gedanken daran könnte ich kotzen. Ich halte Summer die Ohren zu und sie wehrt sich nicht. Dafür ist sie schon viel zu oft in unangenehme Situationen zu Hause geplatzt. Wenn ich früher dachte, dass es eine Strafe ist, mir mit ihr ein Zimmer zu teilen, weiß ich es jetzt besser. Ich würde alles dafür geben, mir wieder ein Zimmer mit ihr zu teilen. Dafür, dass sie nachts unter meine Decke krabbelt und sich an mich kuschelt, wenn sie Albträume hat.

»Mein Geburtstag wäre gut, wenn ich draußen wäre. Bei meinen Freunden. Stattdessen sitze ich hier meine Zeit ab, weil ihr mit meinem Scheiß nicht klarkommt. Rennt einfach alle weg, das konntet ihr schon immer am besten.« Mein Blick wandert zu Raven, der die Anspielung direkt versteht. Phoenix hat das Zimmer bereits verlassen, als Raven ihm folgt und Kade zu mir kommt. Er schürzt die Lippen. »Sorry, Mann. Ich wollte nie, dass es so kommt.« Er streift meine Schulter und will Summer auf den Arm nehmen, als sie sich zu mir umdreht. Ihre kleinen Hände greifen nach meinen und kurz heilt mein Herz.

»Darf ich dich bald wieder besuchen, Kaykay?«
Tränen brennen in meinen Augen, die ich ihr ungern
zeigen will. Sie bekommt genug Drama in ihrem jungen
Leben mit. Ich schiebe eine Strähne hinter ihr Ohr und
nicke, präge mir ihr süßes Grinsen ein.

»Immer.« Meine Nase streift ihre und dann nimmt
Kade sie von meinem Schoß. Sofort fühle ich mich leer.
Nutzlos. Als Letztes kommt Mom zu mir, wie
durcheinander sie ist, kann man kaum übersehen. Sie
tätschelt meine Wange und verlässt dann den Raum,
ohne noch etwas zu sagen.

Als alles ruhig im Zimmer ist, kann ich das erste Mal
wieder befreit atmen. Den Karton mit der Torte immer
noch neben mir, greife ich mir die Gabel vom
Mittagessen und beginne, mir den Kuchen in den
Rachen zu stopfen. Wie trostlos es ist, dass ich meinen
Geburtstagskuchen alleine essen muss, lasse ich nicht
zu nah an mich heran. Als ich ein gutes Stück verdrückt
habe, wird die Tür noch mal aufgerissen. Summer rennt
aufgeregt auf mich zu und drückt mir ein Stofftier in die
Hand.

»Mr. Puzzle«, sagt sie leise und außer Atem. Sie muss
gerannt sein, um ihn mir zu bringen. »Damit er auf dich
aufpassen kann.« Sofort schießen neue Tränen in meine
Augen, als ich den Teddybären meiner Schwester im
Arm halte. Mit seinen ganzen Flicken sieht er wirklich
aus wie zusammengepuzzelt.

»Danke, Minnie«, flüstere ich und wische mir eine verräterische Träne weg. In dem Moment, in dem sie mich breit anstrahlt, lässt das erste Mal seit Tagen der Kopfschmerz nach.

SKYLAR

Gegenwart

»Du rauchst wieder.« Ich halte den Atem an, wohl wissend, dass es zwecklos ist. Irgendwann muss ich den Qualm eh aus meiner Lunge kriegen, wenn ich nicht daran ersticken will. Und sterben stand heute ganz sicher nicht auf meiner Tagesordnung. So wie an keinem anderen Tag im Jahr.

»Skylar Emily Jones«, ermahnt Mom mich am Telefon, also gebe ich nach. Wenn Mom mich mit vollem Namen anspricht, weiß ich, dass ich aufgeben sollte. Laut atme ich aus und versuche, ein Husten zu unterdrücken. Ich sitze mit dem Handy am Ohr auf der Fensterbank und starre nach draußen. Wir haben Sommer und die Abende sind lang hier in Florida. Wenn man die Palmen in dem Garten dieser Einrichtung sieht, könnte man meinen, man befände sich irgendwo im Urlaub.

Nur, dass der Urlaub quasi in einem Gefängnis für Jugendliche stattfindet und man anstelle von Poolpartys Therapiesitzungen veranstaltet. Es gibt keine Cocktails mit süßen bunten Schirmchen, sondern in harten Fällen Pillen in kleinen Dosen gegen die Entzugserscheinungen. Wenigstens hat jeder sein eigenes Zimmer. Vielleicht könnte man das hier als Low-Budget-Urlaub abstempeln. Immerhin stimmt der Ausblick.

»Ich weiß wirklich nicht, was du meinst.« Ein Lächeln liegt auf meinen Lippen, das sie nicht sehen kann. Immerhin ist sie Hunderte Meilen von mir entfernt, so wie der Rest meiner überschaubaren Familie. Den Kloß in meinem Hals schlucke ich herunter, gemeinsam mit dem schlechten Gewissen meinen Eltern gegenüber. Dabei müssten sie es sein, die sich schlecht fühlen, nicht ich. Sie waren der Meinung, dass ich hier den richtigen Weg wiederfinde. Sie wissen nur nicht, welcher der richtige für mich ist und dass ich keine fremde Hilfe brauche, um ihn zu finden. Ich war immer eine Einzelkämpferin, selbst in der schlimmsten Phase meines Lebens.

»Wie geht es dir, mein Schatz?« Die Stimme meiner Mutter klingt traurig und sofort zieht sich mein Herz zusammen. Auch, wenn ich nicht hier sein will, ist der Wunsch, sie glücklich zu sehen, größer als mein Stolz. Was auch der Grund ist, wieso ich das hier über mich ergehen lasse, obwohl es lächerlich ist. Ich bin so weit von einer Süchtigen entfernt wie Amerika von Deutschland, also ist meine Abschiebung hierher nur ein Zeichen der Überfürsorge meiner Mutter. Oder vielleicht sind sie auch einfach nur froh, sich mal nicht um mich kümmern zu müssen.

»Okay«, lüge ich also. Es ist alles andere als okay. Das Personal ist nett, aber das war es auch schon. Zu meinem Glück waren die ersten zwei Tage Eingewöhnung und so wurde ich noch nicht dazu gezwungen, in einer Gruppensitzung über meine Sucht zu reden.

Von welcher Sucht ich rede?

Ich weiß es selbst nicht.

Mehr als einhundertmal habe ich meinen Eltern versichert, dass es mir gut geht, aber sie wollten mir nicht glauben und so bin ich schließlich vorgestern hier gelandet – in einer Einrichtung für süchtige Jugendliche mitten in Fort Myers. Meine Tasche liegt noch unausgepackt neben dem Schrank, weil ein Teil in mir immer noch hofft, dass ich hier bald wieder rausspazieren darf. Dass Mom und Dad ihren Fehler einsehen und mich abholen, bevor ich wirklich noch dazu gezwungen werde, irgendwem mein Herz auszuschütten.

Heimlich ziehe ich ein letztes Mal an der Zigarette, halte den Hörer weit von meinem Mund weg, und drücke den Filter an der Hauswand aus. Danach werfe ich sie zwischen die Kieselsteine nach draußen.

Beweise, die ich spätestens beseitigen sollte, wenn mich meine Familie das erste Mal hier besucht. Mom riecht Kippenstummel aus meilenweiter Entfernung und würde sie sofort entdecken.

»Das ist schon mal ein Anfang, Schatz.« Sie seufzt. Vermutlich sitzt sie gerade auf unserer Veranda zu Hause in Chicago und wünscht sich, ich wäre mehr wie Anna. Meine große Schwester war immer das Vorzeigekind. Immer gute Schulnoten, kein Schwänzen, keine verbotenen Partys, kein Tropfen Alkohol und erst recht kein einziger Joint.

Normalerweise müssten all diese Tatsachen dazu führen, dass ich Anna hasse, aber es ist eher das Gegenteil der Fall. Ich liebe sie mehr, als ich in Worte fassen könnte. Sie hat mich nie verurteilt, weil ich anders war, hat mir nie Predigten gehalten oder mich bei Mom und Dad verpetzt. Wenn ich mich nachts rausgeschlichen habe, hat sie mir Rückendeckung gegeben und als mein Leben bergab ging, war Anna mein Halt. Sie war die perfekte große Schwester und ist es immer noch. Umso schlimmer ist es für mich, von ihr getrennt zu sein.

»Wie geht es Anna?« Tränen brennen in meinen Augenwinkeln, die ich wegwische, bevor sie sich den Weg über meine Wangen bahnen können. Nur, wenn ich stark bin, schaffe ich es hier auch wieder raus. Je eher die Gruppenleiter das Gefühl haben, dass ich draußen mit meiner »Sucht« klarkomme, desto besser für mich. Außerdem will ich die Zeit der Leute hier nicht umsonst beanspruchen, wenn ich weiß, dass es hier drin wirklich Menschen gibt, die Hilfe brauchen. Menschen, die ernsthafte Probleme haben, die sie mit den Drogen betäuben wollen.

»Den Umständen entsprechend. Sie vermisst dich.«

»Und ich sie«, antworte ich, ohne zu zögern. Meine Eltern wissen von der engen Bindung zwischen uns und würden niemals einen Keil zwischen uns treiben wollen.

»Hör zu, Sky. Du kannst schnell wieder bei uns sein. Zieh einfach dein Ding dort durch und tu, was die Ärzte und Schwestern dir sagen. Sie wissen, was das Beste für dich ist.« Wissen sie das wirklich? Bis jetzt kann ich keinen vom Personal hier genügend einschätzen, um diese Frage beantworten zu können.

»Werde ich.«

»Ich muss jetzt auch auflegen, mein Schatz. Die Arbeit ruft.« Es raschelt und ehe ich noch etwas sagen kann, hat meine Mutter aufgelegt.

Also werfe ich mein Handy auf das unbequeme Bett, das ich seit zwei Tagen Mein nennen darf, und will gerade herunterspringen, als es an der Tür klopft. Sekunden später betritt eine der Schwestern, ich glaube, sie heißt Vivien, mein Zimmer. Es dauert keine fünf Sekunden, bis sie mich entlarvt hat, immerhin riecht es im ganzen Raum nach Mentholzigaretten, weil ich noch keine Zeit hatte, den Duft mit Raumspray zu übertünchen.

»Du hast geraucht«, stellt sie, erstaunlicherweise nicht vorwurfsvoll, fest. Erst will ich es leugnen, doch dann sehe ich die Zigarettenschachtel auf dem Beistelltisch und erspare mir die Blamage. Lügen hätte wenig Sinn.

»Nur eine?«, antworte ich fragend und grinse sie an. Vivien ist kaum älter als ich, stemmt die Hände in die Hüften und schürzt die Lippen. Sie hat haselnussbraune Augen, Sommersprossen auf der Nase und die wildeste Frisur, die ich je an einer Frau ihres Alters gesehen habe. Man könnte meinen, sie wäre in den Achtzigern hängen geblieben, obwohl sie erst kurz danach geboren wurde.

»Ich will dir wirklich nicht verbieten, zu rauchen, aber du solltest dafür wenigstens in den Garten gehen, bevor die Rauchmelder hier drin Alarm schlagen und alle denken, dass es brennt. Spätestens dann bekommst du nämlich einen Aufpasser und alle anderen werden sich dasselbe Recht rausnehmen und in den Zimmern rauchen. Dann geht hier jeden Abend der Alarm – du siehst also den Teufelskreis?« Sie deutet nach draußen und ich atme erleichtert aus, weil ich kurz Angst hatte, sie könnte aus Atemnot umfallen. Das Letzte, was ich hier gebrauchen könnte, wäre eine zusammengeklappte Schwester. Vivien deutet auf die Uhr an ihrem Handgelenk.

»Deine erste Sitzung fängt gleich an. In Raum zwölf. Das ist den Gang her-«

»Ich weiß, wo der ist.« Wenn ich eine Sache an mir aufzählen müsste, in der ich perfekt bin, dann das. Meine Orientierung ist besser, als es sich ein Navi wünschen würde. Ich musste nur einmal durch die kargen Flure spazieren, um mich in dieser Einrichtung zurechtzufinden. Vielleicht sollte ich mir damit hier einen Status aufbauen. Es gibt sicher mehr als einen Neuankömmling, der sich hier am Anfang auf dem Weg zu seinen Sitzungen verirrt.

»Super. Dann sei pünktlich, sonst platzt du in einen vollen Raum und alle starren dich an. Glaub mir, das ist für die meisten das Allerschlimmste – dazustehen wie auf einem Präsentierteller.« Sie kommt auf mich zu und tätschelt meinen Arm. Auch wenn ich sie kaum kenne und sie heute zum ersten Mal bei mir im Zimmer war, mag ich ihre Art. Und ihre Stimme. Sie erinnert mich an die meiner Schwester.

»Wenn ich dir also einen Tipp geben darf: Versuche immer, als Erstes da zu sein. Wirkt zwar wie ein Streber, aber es ist besser so.« Ich hatte nie etwas dagegen, in eine Kategorie gedrängt zu werden, solange ich mir treu blieb und besser wusste, was und wer ich bin. Mit einem schmunzelnden Seitenblick auf die Kippen lässt Vivien von mir ab und verlässt den Raum. Würde sie meine Vorgeschichte besser kennen, würde ihr das Schmunzeln sicher im Hals stecken bleiben, aber ich will sie nicht verschrecken. Ich bin es leid, von den Menschen angesehen zu werden wie ein ausgesetzter Hund.

»Danke!«, platzt es aus mir heraus, bevor sie gänzlich verschwunden ist. Vivien hält inne, dreht sich um, wobei ihre blonden Locken wie Korkenzieher hüpfen, und lächelt mich breit an. Dann ist sie verschwunden.

Tief durchatmend sehe ich noch einmal nach draußen in den Garten. Die Sonne scheint durch die Spitzen der Palmenblätter und einzelne Strahlen beleuchten die kleine Holzbank unter dem Rosenbogen, auf der ich bis jetzt nur Personal habe sitzen sehen. Eines muss man den Leuten hier lassen: Geschmack für Einrichtung haben sie. Ich will gerade herunterspringen und mich auf den Weg zu Raum zwölf machen, als ich auf dem anderen Einrichtungsflügel eine Gardine aufziehen sehe. Da alle anderen Zimmer verbarrikadiert sind, sticht es einem sofort ins Auge.

Die Sonne scheint direkt gegen das Fenster, sodass ich nichts erkennen kann, bis es schließlich Sekunden später geöffnet wird. Eine Wolke dringt aus dem Zimmer und ich kann mir ein Lachen nicht verkneifen.

Da hat wohl noch jemand auf die Regeln geschissen und in seiner Bude geraucht. Ich beuge mich noch ein Stück weiter nach draußen, damit ich ins Zimmer spähen kann und entdecke einen Jungen, der jetzt auf seinem Bett hockt und auf seinem Handy tippt. Hat er da etwa einen

Teddybären auf dem Schoß? *Süß.* Das ist das Erste, was mir zu diesem skurrilen Bild einfällt. Welcher Junkie besitzt in diesem Alter schon ein Kuscheltier?

Seine dunklen Haare sind kurz gehalten, sein Gesicht kann ich auf die Entfernung kaum erkennen, dafür seine Statur umso besser. Er ist breit gebaut, was den Teddybären auf seinem Schoß noch skurriler und deplazierter macht. Eine Weile lang sitze ich noch auf der Fensterbank, sehe dem Jungen zu, wie er in seinem Smartphone versinkt und male mir seine Geschichte aus. Ich liebe es, mir vorzustellen, was andere Leute hierhergebracht hat. Und ob es Parallelen in all unseren Storys gibt. Die größte Parallele liegt auf der Hand: Wir alle haben Kontakt mit Drogen gehabt. Einer mehr, einer weniger.

Verträumt genieße ich die warmen Sonnenstrahlen auf meiner Haut und werde erst aus meiner Trance gerissen, als der Junge aufsteht und zum Fenster kommt, um es wieder zu schließen. Ich kneife die Augen zusammen, damit ich ihn besser erkennen kann, und als ich sein Profil sehe, stockt meine Atmung. In Sekundenschnelle wird aus der Hitze auf meiner Haut Kälte. Meine Fingerspitzen zittern und ich schüttle den Kopf so stark, dass mein Nacken schmerzt. Wie ein Blitz durchzieht er meinen Körper.

Das kann unmöglich wahr sein.

Mein Kopf spielt mir einen Streich.

Als ich das nächste Mal herübersehe, ist der Junge wieder weg. Das Nächste, was ich noch sehe, ist, wie der dunkle Vorhang zugezogen wird. *Ich kenne diese Augen.* Besser als sonst etwas auf dieser Welt. Ich kenne diese starre Miene. Was, wenn es doch kein Streich war? Was … wenn *er* hier ist? Nur wenige Zimmer von meinem entfernt?

KALEB

Gegenwart

Raum zwölf. Der Raum, in dem vor fünf Minuten meine erste Sitzung hätte anfangen sollen, und den ich seit drei Minuten wie paralysiert anstarre wie ein Feigling. Bis jetzt konnte ich gut verdrängen, wieso ich hier bin, aber während ich die gedämpften Stimmen aus dem Inneren des Raumes höre, wird mir kotzübel. Was, in Anbetracht meiner körperlichen Verfassung, nichts Neues für mich ist. Im Grunde genommen könnte ich den halben Tag im Bad verbringen, weil mich die Übelkeit immer wieder wellenartig überkommt. Am schlimmsten ist sie nachts, weshalb ich seit Tagen kaum zwei Stunden am Stück pennen konnte und mich wie ein Zombie auf Menschenfleischentzug fühle. An mir rauschen Leute vorbei, aber keiner denkt auch nur daran, mich anzusprechen. Vermutlich weiß das Personal, dass man jemanden in meiner Situation nicht in die Enge treiben sollte. Auch wenn ich mir sicher bin, dass es nur eine Frage der Zeit ist, bis mich jemand auf den geflickten Teddybären unter meinem Arm anspricht. Ich muss gemeinsam mit Mr. Puzzle ein ziemlich abgefucktes Bild abgeben. Abgefuckt ist ein Wort, das mein Leben ziemlich genau beschreibt.

Ich konnte ihn einfach nicht in meinem Bett zurücklassen, nachdem Summer mir ihren größten Schatz anvertraut hat. Immerhin weiß ich, dass sie ohne ihn nicht gut einschlafen kann und trotzdem hat sie ihn mir gegeben, weil sie mein Wohl über ihres stellt. Damit hat sie mehr für mich getan als der Rest meiner Familie. Wieder keimt Wut in mir auf, die ich gern an jemandem auslassen würde. In manchen Momenten kann ich Raven verstehen. Kann verstehen, wieso er sich in diesen Kämpfen verloren hat, um mit der Dunkelheit umzugehen, und wieso er einfach abgehauen ist, anstatt bei uns zu bleiben. Im Gegensatz zu dem Rest meiner Familie habe ich nie jemanden für seine Dämonen verurteilt.

»Komm schon, Nolan«, spreche ich mir selbst Mut zu. Dabei geht es mir nicht mal um den fehlenden Mut, diese Tür zu öffnen, sondern viel eher darum, meiner Familie zu zeigen, dass ich diesen Unsinn nicht brauche. Aber je länger ich diese Therapien hinauszögere, desto länger muss ich hier versauern. Laut einatmend klopfe ich schließlich an und trete ein, sobald das obligatorische »herein« ertönt. Das Erste, was ich sehe, ist dieser alberne Stuhlkreis. Wie in verdammten Filmen hockt der Seelsorger an einer Seite des Kreises und alle anderen starren ihn an. Zumindest sollte es so sein, stattdessen ruhen alle Blicke gespannt auf mir. Wunderbar, ich fühle mich wie im Zirkus. Im Raum herrscht so bedrückende Stille, dass ich meinen eigenen Atem hören kann.

»Ah, der Nachzügler.« Die Frau mit den rotblonden Haaren steht auf und deutet auf den einzig freien Platz in der Runde, direkt ihr gegenüber. Der Stuhl, den sicher keiner wollte, weil niemand Bock darauf hat, genau in der Schusslinie zu sitzen.

»Der Platz ist für dich.« Wenn ich bis jetzt dachte, dass es das Unangenehmste ist, von Sum beim Sex erwischt zu werden, werde ich jetzt eines Besseren belehrt. Es ist eindeutig am unangenehmsten, als Letzter in diese Junkiesitzung zu platzen und von allen angeglotzt zu werden wie eine defekte Attraktion. Oder wie ein verdammt großer Problemfall. Ich drücke Mr. Puzzle mit der Hand zusammen, schlendere lässiger, als ich mit dem Teddybären aussehen kann, zum freien Platz, und setze mich. Immer noch ruhen alle Augenpaare auf uns beiden, aber ich erwidere keinen einzigen Blick. Stattdessen versuche ich, den Boden in der Mitte zu fokussieren. Dieses hässliche Linoleum, das einem vor Augen hält, wo man sich befindet. Dieser Boden hat mich schon an Krankenhäuser erinnert, seit ich das erste Mal in einem war.

»Willst du dich nicht vorstellen? Wir haben schon angefangen, aber das ist gar kein Problem. Bei der nächsten Sitzung kannst du gern etwas früher da sein, dann verpasst du auch nichts.« Sie klingt nett, viel zu nett. Aber vermutlich muss der Leiterin dieser Sitzungen auch die Sonne aus dem Arsch scheinen. Wie sollte sie einem helfen, wenn sie selbst keinen Bock hat? Alle warten auf meine Antwort, also räuspere ich mich, setze Mr. Puzzle auf meinen Schoß und sehe die Leiterin an.

Sie mag vielleicht Ende zwanzig sein, höchstens Anfang dreißig. Sie ist auf den zweiten Blick sogar ziemlich heiß. In meiner Vorstellung war die Leitung ein Kerl Mitte fünfzig, der die Blüte seines Lebens mit Feiern und Kicks verbracht hat und uns jetzt weismachen will, dass es auch andere Wege gibt, mit den zu lauten Gedanken umzugehen.

Das hier ist eindeutig die bessere und definitiv attraktivere Option. Der Raum ist klein, viel zu klein für so viele Leute. Hier hocken mindestens fünfzehn Teenies und die Luft ist unfassbar stickig, obwohl die Fenster weit offen stehen. Überall wurden Pflanzen platziert und Bilder schmücken die mintfarbenen Wände. Die Leute haben sich echt Mühe gegeben, den Krankenhauscharme zu verdecken, aber spätestens beim Boden sind sie trostlos gescheitert.

»Also? Möchtest du uns deinen Namen verraten?« Sie grinst mich breit an. Eigentlich bin ich mir sicher, dass sie meinen Namen bereits aus den Akten kennt, aber ich gebe schließlich nach. Rebellieren kann ich immer noch, wenn sie von mir verlangt, meine Lebensgeschichte auszupacken, denn das werde ich unter keinen Umständen tun.

»Kaleb.«

Ihr Grinsen wird noch breiter und dann sieht sie mich voller Zuversicht an. Sollte ich ihr direkt den Wind aus den Segeln nehmen? Ich bin nur hier, um so schnell wie möglich abzuhauen, und sicher nicht, um ihre Spielchen mitzuspielen und allen mein Herz auszuschütten.

Das, was bei mir rauskommt, würde alle nur tiefer in die Dunkelheit stürzen, anstatt ihnen zu helfen. Meine Gedanken sind alles andere als hoffnungsvoll.

»Hallo, Kaleb. Die Vorstellungsrunde hast du verpasst, aber vielleicht kann ja jeder noch mal seinen Namen sagen. Wenn du über jemanden etwas Genaueres wissen willst, bleibt nach der Runde noch massig Zeit, um sich besser kennenzulernen. Es wäre toll, wenn ihr hier Freunde findet, mit Freunden wird alles leichter.« Mit diesem Satz leitet sie eine knappe Vorstellungsrunde ein, bei der mir jeder seinen Namen sagt. Ich merke mir keinen davon, genauso, wie ich niemanden dabei ansehe.

Es ist mir egal, mit wem ich mir in diesem Raum den Sauerstoff teile, denn das ist alles, was uns verbindet. Ich habe weder Lust, die Geschichten der anderen zu hören, noch die Absicht, mich mit jemandem anzufreunden. Die ersten Namen sind schnell gefallen und ich will gerade die Augen schließen und den Rest der Stunde einfach verpennen, als ein Stich durch meine Brust rast wie ein Orkan.

»Skylar.«

Alle Alarmglocken läuten in mir auf und sofort schnellen meine Augen nach oben, hin zu dieser Stimme, die mir so vertraut vorkommt. Ich sehe durch die Runde, und als ich an dem Mädchen vier Plätze neben mir hängen bleibe, setzt mein Puls aus.

Sie sieht mich an.

Sie.

Ihren Namen habe ich seit zwei Jahren nie wieder gehört, nicht einmal irgendwo gelesen. Es war, als hätte sie nie existiert. Sobald sich unsere Blicke treffen, wird mir schwindelig, und als sich ihre Mundwinkel zu einem schüchternen Lächeln verziehen, brennen alle Sicherungen durch. Wie zur Hölle ist das möglich? Wie zur Hölle kann *sie* hier sein? Ausgerechnet in derselben Gruppe wie ich? In derselben Stadt wie ich, Meilen von Chicago entfernt?

Ich merke erst, wie stark ich meine Nägel in Mr. Puzzle drücke, als ich sein Innenfutter an meiner Haut spüre. Ein Flicken löst sich langsam ab und die weiße Wolle quillt an der Seite heraus. Die restlichen Leute stellen sich vor, aber ich kann mich nur noch auf sie konzentrieren.

Wie sie dasitzt, in ihrer engen Jeans und dem kurzen Top. Mit ihren hellen Haaren, die sie jetzt schulterlang trägt. Skylar Jones.

Meine allergrößte Sucht sitzt vier Plätze neben mir. Scheiß auf Ecstasy. Scheiß auf Marihuana. Scheiß auf Kokain. Sie ist das schlimmste Gift für mich.

Sky sieht mich unentwegt an, so viele Fragen auf den Lippen, dass ich kurz das Gefühl habe, mich vor den Augen aller übergeben zu müssen. Und je länger ich hier sitze und ihre Anwesenheit wie Stoff in meine Blutbahn fließen spüre, desto schwerer bekomme ich Luft. Schweiß entsteht auf meiner Stirn und Punkte tanzen vor meinen Augen, die mich kaum klar denken lassen.

Die Leiterin fragt mich, ob alles in Ordnung sei, aber ich kann nicht antworten. Wie von der Tarantel gestochen, springe ich auf und stürme nach draußen. Ich muss weg. Weg von diesen Menschen, weg von ihr. Weg von dem wenigen Sauerstoff und diesen beknackten Bildern von Bäumen an den Wänden. Hinter mir knalle ich die Tür zu und laufe auf und ab. Der Kopfschmerz, der jetzt das erste Mal an diesem Tag weg war, ist wieder da.

Schlimmer. Pochender. Tötend.

Den Teddy halte ich in der einen Hand, die andere kratzt verloren über die Stelle an meiner Armbeuge, die nie wieder ganz sein wird. Es ist lange her, dass ich diesen Weg gegangen bin und mir etwas in die Venen gejagt habe. Aber nicht lange genug, um die Narben auszulöschen. Sie werden mich immer daran erinnern, wie tief ich schon war. Dass es unter dem Boden eines Tankstellenklos noch viel weiter nach unten geht, als ich je für möglich gehalten hätte. Ich schließe die Augen und versuche, zu verstehen, was das zu bedeuten hat.

Sie ist hier.

Ich bin hier.

Nach über zwei Jahren, in denen ich weder etwas von ihr gehört noch gesehen habe, sitzt sie einfach vier läppische Plätze von mir entfernt da und hat auch noch den Mut, mich anzulächeln. *Dieses Lächeln wird bald Geschichte   sein.* Dafür werde ich sorgen.

»Hey.« Ich war so in Rage, dass ich nicht bemerkt habe, verfolgt zu werden. Als ich mich umdrehe, steht sie hinter mir. Mit viel zu wenig Sicherheitsabstand. Sie sollte Angst vor mir haben. Sie sollte abhauen.

Wenn sie wüsste, was mir gerade durch den Kopf geht, würde sie es tun. Dann würde sie fliehen, solange sie noch kann. Meine Augen sehen in ihre, während sie auf den Teddybären in meiner Hand deutet. Ihre Wangen glühen und man sieht ihr an, dass sie diese Begegnung nicht kaltlässt. Mich bringt sie zum Kochen.

»Ist der von Summer?« Als sie den Namen meiner Schwester ausspricht, verliere ich den Rest meiner Beherrschung. Mit einem Satz habe ich sie gegen die Wand im Flur gedrückt. Meine linke Hand an ihrer

Kehle, in der rechten immer noch Mr. Puzzle, der jetzt eigentlich in Summers Armen liegen sollte. Das Bild wird immer skurriler.

»Wag es nicht noch mal, ihren Namen in den Mund zu nehmen.« Früher hatte Skylar Jones vor nichts und niemandem Angst. Jetzt ist es anders. Das verschreckte Funkeln in ihren Iriden schreit ihre Panik fast heraus. Unter ihrem olivfarbenen Top, das ihren flachen Bauch mit dem Muttermal an der rechten Seite zeigt, kann ich ihre hektische Atmung wahrnehmen. Ich erinnere mich daran, dieses Muttermal geküsst zu haben. Immer wieder. Erinnere mich an die Umrisse, als wäre es erst gestern gewesen, dass sie nackt unter mir lag und ich sie gefickt habe. Sie mich … wir uns.

»Ich freue mich auch, dich wiederzusehen.« Ihr Körper sagt etwas anderes, aber sie klingt gelassen. Sie war schon immer eine grandiose Schauspielerin. Und ich habe ihr alles geglaubt. Jedes verfickte Wort. Jeden verfickten Kuss. Jede Berührung.

Alles.

»Was. Willst. Du. Hier?«, knurre ich sie an. Meine Hand lockert sich und sinkt schließlich nach unten, auch wenn ich ihr gern klarmachen würde, wie es in mir aussieht. Ihr Duft ist anders als früher. Und je länger ich sie ansehe, desto mehr Veränderungen fallen mir an ihr auf. Ihre Gesichtszüge waren damals rundlicher, kindlicher. Ihre Lippen sind geschwungener und ihre Wimpern noch dichter. Ganz abgesehen von den offensichtlichen Veränderungen. Sie hat definitiv mehr Titten bekommen. Die Sky, die jetzt vor mir steht, ist kein naives Mädchen mehr.

»Vermutlich dasselbe wie du?« Sie schluckt und ich weiß immer noch nicht, ob ich die Wut in mir zügeln kann. Sie sollte dringend verschwinden, aber sie rührt sich nicht vom Fleck. Ich lasse von ihr ab und kann mir ein Lachen nicht verkneifen. Ein Lachen, das so viel Abscheu in sich trägt wie ich in mir, wenn ich sie ansehe. Abscheu ist alles, was in mir brodelt, wenn ich sie anblicke.

»Du.« Ich zeige auf sie und wünschte mir immer noch, sie wäre nur eine Einbildung, weil ich meinen Stoff vermisse und halluziniere. Weil mein Kopf mir einen Streich spielt, um mich auf die Probe zu stellen. Ich sehe mich nach versteckten Kameras um, finde aber keine. Hier auf dem Flur sind nur wir.

Sie und ich.

Meine Droge und ich.

Mein Untergang und ich.

»Du hast mich hierhergebracht.« Es ist nur ein Satz. Aber dieser Satz stürzt wie eine Lawine in den Raum. Skylar atmet heftig aus und ich sehe Tränen in ihren Augenwinkeln. Gut so. Sie soll leiden. Sie soll ansatzweise das empfinden, was ich gefühlt habe. »Nicht ICH habe dich hierhergebracht. Das warst du allein.« Mein Protest hängt in meiner Kehle fest. Keiner interessiert sich dafür, dass wir beide einfach aus der

Stunde geflohen sind und im Moment wünschte ich mir eher, ich wäre da drin ohne sie als hier draußen mit ihr. Ihre Nähe ist Gift. Schädlicher als jeder Stoff, den ich mir gegeben habe. Schädlicher als jeder Joint und krasser als jede Pille, die mich für wenige Stunden betäubt haben.

Mein Blick wandert noch einmal über sie. Über die schmalen Hüften, die schlanken Beine und die abgetretenen Vans. Ob sie immer noch dieses Fußkettchen trägt, das sie damals immer bei sich hatte? Ich erinnere mich genau an dessen Farbe. Skylar schürzt die Lippen.

»Lass uns reden«, bittet sie mich und am liebsten würde ich sie fragen, ob sie high ist. Allein, dass sie denkt, ich würde mit ihr über die Vergangenheit sprechen, klingt in meinen Ohren völlig irre.

»Worüber?« Es gibt nichts, was wir bereden müssten. Manche Taten sagen mehr als tausend Worte es je könnten. *Deine Taten waren so laut, dass ich sie heute noch im Schlaf hören kann.* Sie greift nach ihrer Halskette und dreht das kleine Medaillon daran hin und her.

Ihre Finger zittern, ob von dieser Begegnung oder ihrem Entzug, ist schwer zu sagen. Sie ist schließlich nicht ohne Grund hier bei den Junkies. Sky hat Kicks schon immer geliebt, vermutlich mehr, als ich mir damals eingestehen wollte.

»Über uns.« Sie tritt auf mich zu, aber denkt zu ihrem Glück nicht daran, mich dabei zu berühren. Ich weiß nicht, was dann passieren würde. Sie zu sehen, ist eine Sache, sie zu spüren, eine ganz andere. Ihre Haut an meiner ... »Es gibt kein uns«, knurre ich sie an und dränge sie wieder in die Ecke. Zu meinem Erstaunen bleibt sie stehen, sodass wir uns Sekunden später viel zu nah sind. So nah, dass ich ihren Atem an meinem Hals spüren kann. Ich kann spüren, was die Begegnung mit ihr macht. *Sie macht eindeutig zu viel mit mir.*

»Wir sind vor zwei Jahren gestorben«, setze ich noch hinterher. Skylar will etwas sagen, aber mein Blick bringt sie zum Schweigen. Ihre Lider schließen sich und sie sieht weg. Ihr Profil ist noch genauso schön wie damals, nur, dass ich jetzt die Hässlichkeit dahinter sehen kann. Als hätte sie mir die Brille abgenommen, die die Realität versteckt hat.

»Sprich mich nicht noch mal an.« Und damit lasse ich von ihr ab und renne den Flur entlang, an Raum zwölf vorbei, hin zu meinem Zimmer. Sobald ich die Tür hinter mir geschlossen habe, stürzt alles über mir ein. Die Erinnerungen. Die Gedanken. Die Gefühle. Der Verrat. Benommen taumle ich ins Bad und knalle mit den Knien auf die Fliesen. Und dann kotze ich mir all die Übelkeit das erste Mal an diesem Tag aus der Seele.

KALEB

Vergangenheit

»Woher kommt deine kleine Freundin eigentlich?«
Julien und ich hocken am Pool und mein Blick wandert
sofort zu ihr. Sie steht mit einigen Mädchen vor den
Boxen und tanzt zur Musik, die mit einer Auswahl von
Rise Against und Linkin Park genau meinen
Geschmack trifft, was ich dem Gastgeber wirklich nicht
zugetraut hätte. Wir befinden uns auf einer Party von
einem Kerl namens Lucas und in Anbetracht dieser
fetten Bude gehe ich von einem Muttersöhnchen aus,
das morgens schon vom Personal geweckt und zur
Schule kutschiert wird, weil es sich für den Bus zu
schade ist. Das absolute Gegenteil von mir. Mom kriegt
nicht mal mit, ob ich morgens das Haus verlasse, und
selbst wenn ich die ganze Nacht wegbleibe, ist es ihr
eigentlich egal. Für sie zählen ganz andere Dinge. Fast
alle davon sind hochprozentig.

»Auch aus Chicago.« Mehr weiß ich nicht, schließlich reden Skylar und ich noch nicht oft über unsere Familien und darüber, wo wir herkommen. Vielmehr leben wir im Hier und Jetzt. Ihr Motto hat mich schneller angesteckt als Julien sich morgens seine ersten Kippen.

»Okay – und was läuft da zwischen euch? Seid ihr so was wie ein Paar? Oder vögelt ihr nur miteinander?« Mein Kumpel zieht sein Bier in einem Zug weg und wirft die Dose neben sich auf den bereits bestehenden Haufen aus Blech. Im Pool tummeln sich so viele Leute, dass man vor lauter nackter Haut kaum noch das Wasser sehen kann. Ich zucke mit den Schultern, und als ich zurück zu Skylar sehen will, ist sie weg. Fast panisch sehe ich mich nach ihr um und kriege einen halben Infarkt, als mich jemand von hinten packt und nach unten auf die Fliesen drückt. Über mir schweben Skylars blonde Haare, die durch das Wasser leichte Wellen in sich tragen. Ihre Lider funkeln in einem dunklen Grün und ihre Lippen glänzen mich verführerisch an.

»Ja, Kaleb. Was läuft zwischen uns?« Sie unterdrückt ein Grinsen, und als ich sie kopfschüttelnd ansehe, ziehen sich ihre Mundwinkel breiter nach oben. Ihre Zähne blitzen auf und ich bin schachmatt. Gegen dieses Lächeln hat niemand eine Chance. Zumindest ich nicht.

»Keine Ahnung.« Meine Antwort befriedigt sie genauso wenig wie mich. Mehr als einmal hat mir die

Frage nach dem, was wir bedeuten, auf der Zunge gebrannt. Jedes Mal habe ich sie heruntergeschluckt und versucht, es nicht zu versauen, indem ich zu viel will. Wir sind uns näher, als ich sonst jemandem war, aber ich bin noch nicht bereit, uns einen Stempel aufzudrücken. Immerhin reichen ein paar Treffen auf Partys kaum aus, um sich zu verlieben. Oder?

»Ich auch nicht.« Sie stupst leicht gegen meine Brust, schiebt mich an den Schultern zurück in den Sitz und zerrt mich hoch. Sie hat für so ein zierliches Wesen wahnsinnig viel Kraft.

»Sorry, Julien. Aber ich muss jetzt leider herausfinden, was da zwischen Kaleb und mir läuft. Entschuldige uns.« Mein Freund sieht uns nur perplex an, während ich Skylars Hand an meine presse und mich von ihr wegzerren lasse. Ich folge ihr – auch wenn ich keine Ahnung habe, wohin. Manchen Menschen vertraut man einfach blind ... und Skylar ist einer davon.

***

»Was hast du vor?« Lachend folge ich ihr über die marmorierten Steine der Auffahrt ins Haus von Lucas. Dabei ignoriere ich die protzige Einrichtung und das Stechen in meiner Brust, wenn ich an mein Zuhause denke. Bei uns kann man froh sein, dass die Heizung in zehn von zwanzig Nächten funktioniert und dass der

Schimmel im Badezimmer bleibt, anstatt sich im gesamten Haus auszubreiten. Sky schleift mich eine Treppe nach oben, als würde sie sich hier drin bestens auskennen. Anschließend schleicht sie mit mir über einen dunklen Flur und deutet nach oben zur Decke.

»Perspektivenwechsel.« Mit diesem Wort greift sie sich eine Stange, hakt das Ende in der Dachluke ein und öffnet sie mit einem Ruck. Sofort strömt frische Luft in den Raum, die ich gierig einsauge. »Gib mir mal die Leiter.«

Im Dunkeln taste ich mich an der Wand entlang, finde etwas, das sich wie Holz anfühlt, und reiche sie ihr. Dann stellt sie die Leiter gegen die Dachluke und grinst mich breit an. Ihr Gesicht wird nur vom Mond angeleuchtet.

»Glaub mir – es lohnt sich.« Sie nimmt die erste Strebe und ist so schnell draußen verschwunden, dass ich kaum hinterherkomme. Als ich neben ihr auf dem Dach des Hauses stehe, schlägt mir ein ziemlich heftiger Wind entgegen, den man unten durch die hohen Zäune nicht bemerkt hat. Hier gefällt es mir sofort besser. Es ist weniger spießig. Weniger protzig. Hier gibt es nur Sky, den Himmel und mich.

»Woher weißt du hiervon?« Ich sehe mich auf dem flachen Dach um und fühle mich erstaunlich nüchtern, dafür, dass ich etliche Drinks intus habe und eigentlich hinüber sein müsste. Wie immer weiß meine Familie nicht, wo ich stecke. Zu meinem Glück wird mich niemand auf einer Party dieses Kalibers suchen, Phoe würde mich niemals auf so einem Grundstück erwarten. Vielleicht habe ich dieses Mal die ganze Nacht mit Sky, bevor er mich findet und mir wieder in mein Leben reinreden will. Stunden, die ich nur mit ihr verbringen will.

»Ich kenne Lucas' Familie. Wir waren früher öfter hier, meine Schwester und ich.« Das hier ist das erste Mal, dass Skylar von ihrer Familie spricht. Sie tänzelt zum Rand des Daches, setzt sich auf die Kante und klopft neben sich. Ohne zu zögern, gleite ich neben sie und schiebe die Beine über den Rand. Unter uns kann man die Party bestens beobachten. Aber das, was da unten vor sich geht, interessiert mich nicht im Geringsten. Das, was mich reizt, sitzt wenige Zentimeter neben mir in dem schärfsten Kleid, das ich je an einem Mädchen gesehen habe. Es ist dunkelgrün, an der Taille ausgeschnitten, sodass man ihre helle Haut durchblitzen sehen kann, und endet knapp unter ihrem Hintern.

Sky ist ein verdammtes Rätsel. An einigen Tagen kleidet sie sich bedeckt wie eine Klosterschülerin und an anderen bringen mich diese knappen Fetzen um die Beherrschung. Dort, wo andere in ihren Mustern festhängen und einem bestimmten Schema entsprechen, bedient sie sich aller Kategorien.

»Du sprichst nicht viel über deine Familie.« Ein unsichtbares Seil wickelt sich um meine Kehle, weil

Skylars antwortender Blick so viel aussagt. Ich kann in ihren Augen lesen wie in einem Buch.

»Dito.« Und sie hat recht. Sie weiß weder von den Problemen meiner Mom, noch etwas über den Tod meines kleinen Bruders oder die Tyrannei meines Stiefvaters. Das Einzige, was sie mitbekommen hat, ist der Krieg zwischen Phoenix und mir. Sie zuckt mit den Schultern, bevor sie weiterspricht.

»Ich liebe meine Familie. Vor allem meine große Schwester Anna. Aber ich bin momentan in einer … nennen wir es rebellischen Phase. Es ist gerade einfach kompliziert zu Hause.« Sie starrt nach unten und wirkt plötzlich so traurig, dass ich mir eine Kugel dafür verpassen könnte. Wieso habe ich das Thema überhaupt angesprochen?

Tausend Fragen über sie und ihr Leben brennen auf meiner Zunge, aber ich will sie nicht in die Ecke drängen, also schlucke ich auch diese wieder herunter. Der Kloß in meinem Hals wird dadurch von Tag zu Tag dicker, das Atmen fällt mir schwer. Sie sagt, dass es zu Hause kompliziert ist, und ich will ihr sagen, dass sie nicht allein ist. Dass Komplikationen mein Leben bestimmen, seit Phoenix mit meinem Bruder an diesem Fluss war und Jamie nicht mehr wiederkam.

»Wieso hier oben?«, lenke ich ab, weil ich sie wieder lächeln sehen will. Sky überkreuzt ihre Beine und schwingt sie über dem Rand des Daches vor und zurück. Es ist, als würde sie damit Bahnen durch unsichtbares Wasser ziehen. Ihre Wangen glühen – vermutlich vom Schnaps – und ihre Lippen sehen hungrig aus. *Sie* sieht hungrig aus. Ist sie deshalb hier mit mir? Will sie, dass wir heute weitergehen? In den letzten Wochen sind wir uns immer wieder körperlich nah gekommen, aber der letzte Schritt fehlt bis jetzt. Dabei kann ich kaum an etwas anderes denken, wenn sie in diesem Aufzug neben mir sitzt.

»Weil ich Sachen lieber aus der Distanz genieße, als mitten im Geschehen zu sein.« Und wieder haben wir etwas gemeinsam. Der einzige Grund, wieso ich diese Partys überhaupt besuche, ist, damit ich nicht zu Hause sein muss. Ihr Blick wandert zu mir, und als sich unsere Augen treffen, schluckt sie schwer.

»Außer die Sache mit dir.« Ihre Stimme ist rau wie Schleifpapier. »Bei dir bin ich gern mittendrin.« Sie legt den Kopf in den Nacken und schließt die Augen, während ich den Blick nicht von ihr lassen kann. Ganz abgesehen von meinem anscheinend toten Sprachorgan. Es kommt mir vor, als hätte ich seit einer Ewigkeit kein Wort mehr verloren.

»Außerdem müssen wir doch herausfinden, was das mit uns ist, richtig?« Wir treffen uns jetzt seit vier Wochen fast jeden Tag und doch spricht keiner von uns darüber, was das alles zu bedeuten hat. Ihre Hand gleitet von ihrem Schoß auf das Dach und wandert herüber zu meiner. Ihre warmen Finger streifen meine und ein Kribbeln breitet sich durch meine Hände bis in meine Schultern aus. Sofort spüre ich meinen Schwanz zucken.

»Und, was ist es deiner Meinung nach?«, fordere ich sie heraus und bin froh, dass ich anscheinend nicht zu einem Stummen mutiert bin. Skylar atmet tief durch, zieht ihre Beine zurück und setzt sich kommentarlos auf meinen Schoß. Meine Hände wandern sofort an ihre Hüften und unter dem dünnen Stoff ihres Kleides kann ich sehen, wie sich ihr Brustkorb hektisch hebt und senkt.

Sekunden später beugt sie sich zu mir herunter und küsst mich. Erst langsam, als wäre sie schüchtern, und dann so stürmisch, dass ich nach hinten falle. Mein Rücken auf dem Dach – über mir Sky und die Sterne. *Das schönste Bild, was ich je gesehen habe.*

Ich stöhne in ihre Mundhöhle, während sie sich mit dem Becken an mir reibt und meine Härte verstärkt. Wir hatten noch nie Sex, aber das hier ist definitiv die letzte Vorstufe.

»Sky«, unterbreche ich sie, auch wenn ich nichts lieber will. Seit ich sie kenne, stelle ich mir vor, wie es wäre, in ihr zu sein. Sie nimmt ihre Haare zu einem Zopf zusammen und legt danach meine Hände auf ihre nackten Oberschenkel.

Dann schiebt sie ihr Kleid damit weiter nach oben, bis ich es ihr schließlich unter ihrer Führung ausgezogen habe. Sie trägt wie immer keinen BH, sondern nur einen schmalen Slip, der kaum ihre weiche

Haut bedeckt. Blut pumpt durch meinen Körper und mein Hals wird trocken, je länger ich sie ansehe. Hier mit ihr auf dem Dach dieser Party. »Sag mir eines, Kaleb.« Sie streift mit dem Daumen meine Unterlippe und legt den Kopf schief. Sky sieht aus wie ein verdammtes Gemälde, während sie so freizügig auf mir sitzt und ich um jeden klaren Gedanken kämpfen muss.

»Hattest du jemals ein High?« Ihre Frage ist seltsam, aber ich denke nicht zu viel darüber nach, sondern schüttle nur den Kopf. Sie schürzt die Lippen, nickt, als müsste ich ihre Zeichen verstehen, und öffnet den Gürtel meiner Jeans. Es dauert nicht lang, bis ich halb nackt unter ihr liege.

Sie atmet genauso heftig wie ich – wir kriegen von der Party nichts mehr mit. Musik? *Verschwunden.* Das Plätschern des Wassers im Pool? *Weg.* Es gibt nur noch sie und mich. Und das unausgesprochene Verlangen zwischen uns, das bald wie eine Bombe hochgehen wird, wenn wir es noch länger unterdrücken.

»Ich hatte schon mehrere«, gesteht sie schließlich leise, beugt sich erneut über mich und legt ihre Lippen auf meinen ab.

Sie schmeckt nach der Bowle, die es hier auf der Party in Litern gibt. Nach Erdbeeren und Kirschen, gemischt mit einem guten Schuss vermutlich arschteurem Wodka.

Nichts im Vergleich zu dem Zeug, das Mom zu Hause in ihrem Schlafzimmer bunkert. Ihre

Zungenspitze streift meine, und als sie sich zurückzieht, kann ich ihr Grinsen immer noch lebhaft auf meinen Lippen schmecken. »Und glaub mir, Kaleb Nolan. Das mit uns beiden ... das fühlt sich an wie ein High.«

SKYLAR

Gegenwart

»Es ist so schön, dich zu sehen, Bubbles.« Anna nimmt mich fest in ihre Arme und bei ihrem Spitznamen für mich versetzt es mich sofort in unsere gemeinsame Kindheit. Die fünfjährige Skylar war nahezu besessen von Seifenblasen und selbst heute wird mir noch warm ums Herz, wenn ich welche entdecke. Wenn sich die Sonne in ihnen spiegelt und sie in Regenbogenfarben schillern, werde ich wieder zum Kind. Manche Dinge ändern sich nie.

»Ich freue mich auch.« Meine Finger krallen sich in den Stoff ihres ockerfarbenen Pullis, während ich mein Gesicht in ihrem schulterlangen Haar vergrabe und ihren Duft inhaliere. Anna ist mein Zuhause. Mein Anker, auch wenn ich mich im Moment ziemlich verloren fühle … und der Grund dafür sitzt im gegenüberliegenden Flügel auf seinem Zimmer. Sie sieht sich in meinem Raum um und packt mich entschlossen bei der Hand.

»Was hast du vor?«, frage ich sie lachend und lasse mich von ihr auf den Flur führen.

»Dein Zimmer ist deprimierend klein. Zeig mir was von diesem Jungendknast, der aussieht wie das Wartezimmer von unserem Kinderarzt Dr. Lewis!« Anna trägt immer ein Lächeln auf den Lippen, selbst, wenn gerade alles um sie herum zusammenbricht. Ja, selbst wenn ihre kleine Schwester wegen ein paar Gramm Marihuana von unseren Eltern nach Florida gebracht wird, verliert sie ihr Lächeln nicht. Etwas, das sie an mich weitergegeben hat und was uns für immer zusammenschweißt.

Sie ist drei Jahre älter als ich, aber es fühlt sich an, als wären wir ein und dieselbe Person. Sie vervollständigt meine Gedanken. Vervollständigt mich. Eine Tatsache, für die ich unheimlich dankbar bin, weil ich weiß, dass nicht jeder so ein Glück hat wie ich. In mehreren Hinsichten ist mir das Leben schon in den Hintern gekrochen, nachdem es mir genau dorthin einen Tritt verpasst hat. Die wunderbare Ironie des Schicksals.

»Knast ist nicht ganz richtig. Immerhin dürfen wir uns sogar einmal in der Woche was beim Pizzaladen um die Ecke bestellen – und das ganz ohne finanzielles Limit.« Ich bin erst seit einer Woche hier und den ersten Pizzaabend habe ich schon miterlebt. Manche haben sich im Garten zum Essen getroffen, andere haben sich mit ihren Kartons in den Zimmern verschanzt, weil sie lieber für sich sind. Ich habe das Ganze draußen von der Steinmauer aus beobachtet und die Sonne Floridas genossen. Die Menschen hier sind genauso bunt und zusammengeflickt wie Grandmas Patchwork-Decke in meinem Zimmer in Chicago, die sie mir vor ihrem Tod geschenkt hat.

»Klingt verlockend.« Sie grinst, aber dieses Mal erkenne ich Sorge in ihrem Gesicht. Wir schlendern durch den Flur wie durch eine Shopping-Mall, und als wir den großen Gemeinschaftsraum erreichen, der die beiden Flügel miteinander verbindet, setzen wir uns auf das petrolfarbene Sofa. Nichts erinnert einen daran, dass wir hier eingesperrt sind. Kaum einer ist freiwillig hier, aber es ist erträglicher, als man es sich vielleicht im ersten Moment vorstellt.

»Und nun erzähl schon. Wie geht es dir?« Ihre Hand liegt in meiner, während ich versuche, ihr nicht die ganze Wahrheit zu sagen. In der Nähe meiner Schwester fällt es mir schwer, zu lügen, aber ich will nicht, dass sie sich zu große Sorgen um mich macht. Immerhin reicht es schon, dass ich etliche Meilen von zu Hause weg bin, weil mir meine Eltern ein nicht vorhandenes Drogenproblem unterstellen. Jeden Versuch, sie vom Gegenteil zu überzeugen, haben sie einfach abgeschmettert und irgendwann habe ich nachgegeben.

»So gut, wie es mir hier gehen kann.« Ich ziehe die Beine auf das Sofa und schlinge meine Arme um die Knie. Die weichen Kissen polstern meinen Rücken und sind eindeutig bequemer als die Betten hier.

»Ich wäre lieber wieder zu Hause. Bei euch. Bei *dir*.« Anna verbringt zwar die meiste Zeit im Studentenwohnheim, aber zumindest an den Wochenenden war sie immer zu Hause. Selbst das Erwachsenwerden konnte uns nie entzweien und ich kann nur hoffen, dass es beim Altwerden genauso ist.

»Mom und Dad meinen es nur gut mit dir. Das weißt du, oder?« Wehmut legt sich auf ihre Züge und ich spüre wieder dieses Stechen in meiner Brust, das sich wie ein Lauffeuer in mir ausgebreitet hat, als ich Kaleb wiedergesehen habe. Als ich ihn mit Summers Teddy in der Hand neben mir sitzen sah und sich unsere Blicke gekreuzt haben. Er verleugnet es, aber ich habe es gespürt. Das Feuer. Die Verbundenheit. Unsere alten Identitäten. In diesem Augenblick hat es sich angefühlt, als wäre keine Zeit vergangen.

»Das weiß ich. Aber wir wissen auch beide, dass ich nicht hier sein muss.« Nur, weil ich hin und wieder einen Joint rauche, heißt es nicht, dass ich ein Problem habe. Viel eher fühle ich mich seit ein paar Wochen freier als je zuvor. An uns laufen Schwestern vorbei, und bei einigen von ihnen habe ich jetzt schon das Gefühl, sie ewig zu kennen. Die meisten Jugendlichen sitzen ihre Zeit hier auf den winzigen Zimmern ab, aber ich bin nicht gern eingesperrt. Hier habe ich zumindest das Gefühl, selbst entscheiden zu können, was ich tue. Wem ich mich anvertraue und wem nicht. Ob ich in einer Sitzung rede oder nur stumm zuhöre.

»Sie machen sich nur Sorgen um dich und deine Gesundheit. Du hattest massenweise Gras unter deinem Bett, Bubbles. Da wären vermutlich bei allen Eltern die Sicherungen durchgebrannt, nicht nur bei unseren.« Annas Stimme klingt ermahnend, aber ich weiß, dass sie es nicht so meint. Schließlich ist sie auch kein unbeschriebenes Blatt mehr und wenn Mom und Dad wüssten, wie ihre Studentenpartys aussehen, wären wir jetzt zusammen hier und könnten unsere Mädelsabende vor Ort absitzen. Die Vorstellung von einem Pizzaabend mit Anna und unseren Lieblingsfilmen bringt mich zum Strahlen. Ich kann es kaum erwarten, wieder mit ihr in Chicago zu sein.

»Das Gras hätte für ein paar Joints gereicht. Mehr nicht. Aber lass uns über etwas anderes reden!« Ich will ihr gerade über ihren neuen Freund Löcher in den Bauch fragen, als unsere Aufmerksamkeit auf etwas anderes gezogen wird.

Jemand anderes.

Jemanden, der in seinem schwarzen Hoodie und der schwarzen Jeans viel zu gut aussieht. Er beachtet uns nicht, als er mit lauten Schritten seiner schwarzen Boots zum Automaten in der Ecke geht, ein paar Münzen einwirft und sich eine Coke holt.

»Moment!« Annas Griff um meine Hand wird fester. »Ist das wirklich der, für den ich ihn halte? Oder fange ich jetzt schon an, zu halluzinieren?« Die Augen meiner Schwester sind von Natur aus groß, aber jetzt fallen sie fast aus ihren Augenhöhlen heraus. Gedanklich sehe ich sie schon auf den Boden kullern. Gruselige Vorstellung.

»Wenn du Kaleb Nolan meinst ...« Seinen Namen auszusprechen, beflügelt mich auch nach zwei Jahren noch. Ihn zu sehen, sorgt immer noch für Atemnot und die Vorstellung, von ihm berührt zu werden, für Gänsehaut. *Ja, Skylar, manche Dinge ändern sich nie.* Und seine Wirkung auf mich ist exakt dieselbe wie vor zwei Jahren noch.

»Ja. Er ist es.« Kaleb steht mit dem Rücken zu uns gewandt da, denkt aber nicht daran, sich umzudrehen. Seine Schultern sind so viel breiter als damals und man sieht, dass er mittlerweile zu einem Mann geworden ist. Die Ärmel hat er bis zu den Ellbogen geschoben und an seinen Unterarmen prangen Adern, die mich kurz ausknocken, weil ich seine Arme schon immer unheimlich attraktiv fand.

Anna hebt ihre Hand, und als er die Bewegung im Augenwinkel wahrnimmt, sieht er uns das erste Mal an. Sein Blick könnte kaum kälter sein, und als ich ihn gerade ansprechen will, ist er schon wieder verschwunden. Alles, was von ihm im Raum übrig bleibt, ist Stille. Ohrenbetäubende Stille.

Die alte Sky will ihm hinterherrufen, will seinen Namen schreien, damit er stehen bleibt und mich anhört. Aber ich bin nicht hier, um jemandem hinterherzurennen, der vor mir flieht. Anna hat extra den Weg hierher auf sich genommen und sie ist jetzt meine Priorität, egal, was mein Herz sagt.

»Autsch.« Anna trifft den Nagel auf den Kopf. Es fühlt sich wie eine Ohrfeige an, in seinen Augen nur Luft zu sein. Nach allem, was wir zusammen in unserer prägendsten Zeit erlebt haben. Nach den Gesprächen, die wir geführt haben und den Nächten, die wir geteilt haben. Die Nächte mit Kaleb waren meine liebsten.

»Er spricht also nicht mit dir?«, will sie wissen und sieht noch einmal zum Automaten, an dem er bis eben noch stand. Es sticht in meiner Brust und ich befeuchte meine Lippen.

»Ich habe ihn gestern in einer Sitzung getroffen. Er muss auch neu hier sein … jedenfalls war er nicht gerade begeistert, mich zu sehen.« Und meine Schwester kann sich an einer Hand abzählen, wieso. Sie weiß alles über unsere kaputte Beziehung zueinander. Alle Ups und Downs. Aus einigen der Zimmer dröhnt Musik, aber in meinem Kopf gehe ich immer wieder unser Zusammentreffen durch und ignoriere das dumpfe Hämmern im Hintergrund. Die Kälte in seiner Stimme war einnehmend. Sein Blick so anders als früher.

»Ach, Bubbles.« Anna nimmt mich in den Arm und legt ihren Kopf an meine Schulter. Früher war ich immer diejenige, die an ihrer Schulter lehnte, jetzt geben wir uns gegenseitig Halt. Wenn sie am Boden liegt, helfe ich ihr auf, und wenn ich am Boden liege, legt sie sich zu mir und wir genießen den Blick nach oben.

»Du bist jetzt nur hier, um Mom und Dad zu beweisen, dass es dir gut geht. Das ist alles, was zählt. Lass dich nicht von ihm unterkriegen.« Mehr als ein Nicken kriege ich nicht zustande. Ich will Anna glauben und ihr beweisen, dass ich zu Unrecht hier bin, aber es gibt etwas anderes, das meine Gedanken in Beschlag nimmt.

»Ich hoffe, dass das hier schnell geht«, setzt sie noch ermutigend hinterher. »Ich auch.«

***

Am Abend liege ich in meinem Zimmer und starre an die Decke. Meine Schwester hat den ganzen Nachmittag mit mir verbracht und es hat unfassbar gutgetan, sie in meiner Nähe zu haben. Wir haben über Mom und Dad geredet, über alte Streiche in unserer Kindheit und über ihren neuen Schwarm, den sie in einem ihrer Praktika kennengelernt hat. Der Nachmittag verflog schneller, als mir lieb war und jetzt ist das Abendessen schon durch, während sie auf dem

Rückweg zum Flughafen nach Chicago ist. Gerade als ich den Kampf gegen meine Müdigkeit aufgeben und schlafen will, höre ich ein Poltern vor dem Fenster. Prompt bin ich aufgestanden und spähe hinaus. Es ist fast stockdunkel draußen, aber als ich wie von einem Magneten angezogen zu Kalebs Flügel und seinem Zimmer hinübersehe, entdecke ich seine Silhouette. Er muss es einfach sein. Keine andere Silhouette lässt mein Herz in Sekundenschnelle so höherschlagen.

Mit langsamen Schritten bewegt sich der Schatten durch den Garten, in dem um diese Uhrzeit nichts mehr los ist, und ehe ich darüber nachdenken kann, habe ich mein Fenster ebenfalls geöffnet. Mit einem Satz springe ich auf die Fensterbank, schwinge die Beine nach draußen und hüpfe auf die Kieselsteine, auf denen ein kleiner Haufen Zigarettenstummel liegt, für den ich spätestens in wenigen Tagen Stress bekommen werde.

Kalebs Ignoranz im Gruppenraum beweist eindeutig, dass er nicht mit mir reden will, aber ich bin kein Mensch, der so schnell aufgibt. Also schleiche ich ihm hinterher in Richtung Mauer am Ende des Außenbereiches. Sie dient tagsüber nur als Sitzmöglichkeit und man hat von ihr aus einen perfekten Blick auf die gesamte Anlage. Es ist angenehm warm draußen und doch trage ich eine Gänsehaut am Körper, die fast schmerzt. Wie Nadelstiche, die meine Haut benetzen.

Seine Schritte verstummen, und gerade, als ich seinen Namen in die Dunkelheit rufen will, werde ich von hinten gepackt. Das Erste, was mir auffällt? Sein Duft. Er riecht immer noch genauso aufregend wie damals. Kaleb zerrt mich hinter die Mauer, die mitten auf dem Gelände so deplatziert wirkt, und drückt mich in der Dunkelheit gegen die kalten Steine. Wie kalter Regen kriecht die Temperatur über meinen Körper. Sein warmer Atem streift mein Schlüsselbein und kurz durchzuckt mich ein heftiger Adrenalinstoß. So hat es sich immer angefühlt, wenn wir zusammen waren.

Aufregend.

Lebendig.

Wie Donnerschläge in heißen Gewitternächten.

»Spionierst du mir nach?« Seine nicht vorhandene Freude über mein Auftauchen war abzusehen und doch schmerzt es immer noch. In den letzten Jahren habe ich so oft an unsere gemeinsame Zeit gedacht. So oft waren es die Erinnerungen, die mich haben weitermachen lassen. Während er anscheinend alles Gute aus seinem Gedächtnis gelöscht hat wie Müll von einer vollen Festplatte. Es gab so viel Gutes zwischen uns und doch scheint er nur das Schlechte in mir zu sehen.

»Sieht ganz so aus«, sage ich ehrlich. Es hätte keinen Sinn, zu lügen, immerhin ist niemand sonst hier in der Dunkelheit unterwegs und die Türen nach draußen sind eigentlich schon verschlossen.

Kalebs Kapuze hängt tief in seinem Gesicht, die untere Hälfte inklusive seiner Lippen kann ich nur schwach erahnen. Diese wunderschönen Lippen, die mich noch heute in meinen Nächten verfolgen. Ein Prickeln breitet sich in meinem Bauch aus, das ich noch genauso intensiv in Erinnerung hatte.

»Was zur Hölle willst du von mir? Wieso bist du hier, Skylar?« Damals klang mein Name aus seinem Mund immer wie Musik. Damals, als er mir Dinge versprochen hat, die er nicht halten konnte. So, wie ich manche Versprechen brechen musste. Einige spitze Kanten der Steine drücken sich schmerzhaft in meine Schulter, aber ich lasse zu, dass er mich in die Ecke drängt. Ich bin alles andere als ein Opfer, aber manchen Monstern lasse ich gern den Vortritt.

»Ich bin aus demselben Grund hier wie du, Kaleb.« Meine Stimme zittert. Wieso, um Himmels willen, zittert sie? Nicht aus Angst. Nicht aus Enttäuschung über sein Verhalten. Es ist etwas anderes, das ich im Moment noch nicht richtig einordnen kann. Kalebs düsteres Lachen erklingt und ich wünschte, es würde sich echter anhören. Farbenfroher. Mehr wie früher.

»Das ist Bullshit und das weißt du auch.« Er steht dicht vor mir, sein Körper steht völlig unter Strom, während ich den Blick nicht von seinem Mund lassen kann. »Bist du nur hier, um mein Leben zu ruinieren? Zum zweiten Mal?« Seine Worte sind ein Schlag ins Gesicht, aber ich stecke ihn einfach weg. Er will, dass ich heulend davonrenne, aber ich werde stark bleiben. Alle Fasern meines Körpers wollen zu ihm, aber ich riskiere es noch nicht.

»Sieht nicht aus, als gäbe es da noch so viel zu ruinieren.« Wie tief er in der Scheiße steckt, habe ich ihm sofort angesehen. Seine Hände zittern, seine Haut ist blass und fahl. Jeder Blinde würde den Kampf sehen, der in ihm herrscht. Der Kampf gegen alles, was seine inneren Stimmen zum Schweigen bringt. Letztendlich gebe ich dem Verlangen in meinem Körper nach, stoße mich von der Wand ab und lege meine Handfläche an seine Wange.

Er ist eiskalt und ich zucke zusammen. Der alte Kaleb hätte jetzt sein Gesicht an meine Haut gedrückt, um meine Nähe zu spüren, aber vor mir steht ein anderer Mensch. Er packt mein Handgelenk und reißt meinen Arm herunter. Gesunde Menschen würden jetzt die Reißleine ziehen und ihn in Ruhe lassen, aber wir beide waren nie gesund. Wir waren schon immer gebrochene Seelen, aber wir hatten einen Weg gefunden, damit umzugehen.

»Erinnerst du dich nicht mehr daran, dass wir zusammen die besten Highs hatten?« Mit ihm war jeder Kick besser. Jeder Drink prickelnder und jeder Atemzug voller Energie.

Er nimmt die Kapuze von seinem Kopf und das leichte Funkeln in seinen Augen bringt mich um den Verstand. Seine Hand immer noch fest an mein Gelenk gepresst, sein Atem stockend. Jedes andere Mädchen würde sich vor der Wut in seinen Augen fürchten, bei mir sorgt es nur dafür, dass ich ihm noch dringender helfen will. Der Impuls, ihn zu berühren, wird immer stärker. »Ich erinnere mich nur noch an die Downs.« Die ersten Tränen brennen in meinen Augen, weil ich mich gedemütigt fühle.

Ob er sich damals genauso gefühlt hat? Genauso hilflos? Worte und Entschuldigungen stecken in meiner Kehle fest, aber ich kriege keine davon über meine Lippen. Kalebs Atem rasselt bedrohlich, dann schiebt er seinen Mund an mein Ohr und das Kribbeln an meinem ganzen Körper ist wieder da.

»Ich bin nur deinetwegen hier. Und dafür wirst du durch die Hölle gehen, das verspreche ich dir.« Wir stehen so dicht beieinander, dass ich sein Zittern am ganzen Körper spüre. Ich kenne dieses Zittern aus einer Zeit, in der ich das hier wirklich gebraucht hätte.

»Wie schlimm ist deine Sucht, Kaleb?«, wispere ich, voller Angst vor der Antwort. Es bringt einen schier um, jemanden so nah am Abgrund zu sehen, der einen selbst davon weggerissen hat. Zögernd antwortet er.

»Nicht ansatzweise so stark wie mein Hass.« Mit diesen Worten lässt er von mir ab und verschwindet. Ich spüre, wie die ganze Anspannung von mir abfällt, lehne mich gegen die Mauer und sehe zu, wie er in Richtung des Gebäudes verschwindet. *Du hasst mich*

nicht wirklich, Kaleb Nolan. Das Einzige, was du hasst, ist,
dass ein Teil von dir mich immer noch liebt.

Gegenwart

Zwei Tage sind seit unserem Zusammentreffen an der Mauer vergangen. Zwei Tage, in denen ich weder etwas von ihm gehört noch etwas von ihm gesehen habe. Doch als ich an diesem Tag den Gruppenraum betrete, in dem ich sonst immer die Erste bin, sitzt Kaleb schon an seinem Platz. Er hebt nicht einmal den Blick, als ich mich vier Plätze neben ihm hinsetze. Dass er mich nicht bemerkt, glaube ich kaum. Nach und nach kommen die anderen Teilnehmer herein, und mit jeder weiteren Person hier drin schwindet mein Mut, ihn anzusprechen. Bis jetzt war Angriff meine Strategie, aber vielleicht muss ich meine Taktik überdenken und warten, bis er auf mich zukommt. Bis er bereit ist, mit mir zu reden wie damals und nicht tut, als wäre ich eine Fremde, die sich in seine Angelegenheiten einmischt.

Unsere Gruppenleiterin Susan betritt außer Atem den Raum, als hätte sie einen kleinen Sprint hinter sich, setzt sich an ihren Platz und legt das Klemmbrett auf ihrem Schoß ab. Darauf sammelt sie unsere Geschichten, da bin ich mir sicher. Sie trägt die Haare heute zu einem strengen Dutt nach hinten gebunden, ihre mahagonifarbene Brille schmeichelt ihren großen, braunen Augen. Ihr Gesicht ist so herzlich, dass man sich in ihrer Nähe sofort wohlfühlt, zumindest geht es mir jedes Mal so.

»Schön, dass wir jetzt vollzählig sind.« Sie drückt auf den Kugelschreiber, um die Mine herauszufahren, und grinst breit in die Runde, während ich alles daransetze, nicht den einen Menschen im Raum anzusehen, der meine größte Sucht ist.

Ob er weiß, welche Wirkung es auf mich hat, in seiner Nähe zu sein? Immer noch? Weiß, wie schwer es mir fällt, mich auf etwas anderes zu konzentrieren als ihn, seit ich ihn wiedergesehen habe? Als ich herkam, ahnte ich nicht, was in diesen Wänden auf mich warten würde und insgeheim ging ich davon aus, dass ich ohnehin nicht länger als eine Woche hierbleiben muss. Kalebs Auftauchen hat alles verändert.

»Heute würde ich gern mehr von euch erfahren. Mehr über eure Geschichten, immerhin kennt ihr meine jetzt schon fast auswendig. Das hier ist schon die dritte Sitzung in dieser Konstellation und es wird Zeit, dass wir uns besser kennenlernen.« Sofort durchzieht ein heftiges Einatmen nach dem anderen den Stuhlkreis. Niemand von uns ist scharf darauf, aus dem eigenen Leben zu erzählen, und umso erstaunter bin ich, als Maggy von sich aus das Wort ergreift.

Sie erzählt uns von ihrer Kindheit, davon, wie sie im Alter von sechs aus Mexiko herkam und von niemandem akzeptiert wurde. Wie ihre Mutter sich in eine schädliche Beziehung nach der nächsten gestürzt hat und was all das mit ihr im Teenageralter gemacht hat. Alle hören zu, keiner denkt auch nur daran, sie zu unterbrechen. Die Gruppe ist bunt gemischt, einige sind erst fünfzehn, andere schon fast einundzwanzig.

»Danke, Maggy. Es fällt euch vermutlich allen schwer, sich hier zu öffnen, aber das ist ganz normal. Ihr müsst nur wissen, dass es leichter wird, wenn man seine Gedanken mit den anderen teilt. Sie in sich hineinzufressen, sorgt nur dafür, dass ihr sie innerlich betäuben wollt.« Susans Worte geben mir einen heftigen Arschtritt, und obwohl ich mir auf die Zunge beißen sollte und meine Strategie aufs Abwarten umstellen wollte, presche ich los.

»Ich … ich würde auch gern etwas sagen.« Alle Augenpaare liegen auf mir, selbst *seine*. Ich spüre Kalebs Blicke wie Berührungen auf meinen nackten Schenkeln. In dieser Sekunde wünschte ich mir, ich hätte mich für eine lange Hose anstatt für einen Rock entschieden, denn solange ich mich so von ihm beobachtet fühle, kann ich kaum klar denken. Er ist der Mensch, der mir in meinem Leben bis jetzt am nächsten war und jetzt ist er so weit weg. Seine Aufmerksamkeit erinnert mich daran, dass er mich früher am besten kannte. Ich musste nicht einmal etwas sagen, und schon wusste er, wie es mir ging. An schlechten Tagen hat er mir Halt gegeben und an guten Tagen mein Glück nur verstärkt. Es gibt nur wenige Menschen, die jemanden wie ihn in ihrem Leben haben.

»Super, Skylar. Dann fang an. Erzähl uns einfach, was dir auf dem Herzen liegt. Wir hören dir zu – nimm dir alle Zeit der Welt.« Was mir auf dem Herzen liegt, könnte locker fünfzehn dieser Sitzungen füllen, aber an diesem Tag gibt es nur eine Sache, die ich loswerden will. Einen Strang aus meiner Vergangenheit, der einen der wichtigsten Teile meiner Persönlichkeit einnimmt. Der Strang, der mich zu dem Menschen gemacht hat, der ich heute bin. Ich würde nicht behaupten, dass ich vor Kalebs Einschlag in mein Leben schwach war, aber er hat die besten Seiten an mir verstärkt. So wie ich ... seine schlechtesten.

»Ich bin hier, weil meine Eltern mir ein Drogenproblem unterstellen.« Die ersten Worte fallen mir so schwer, dass ich bei jedem ein Brennen in meiner Kehle spüre.

»Aber eigentlich ist es nicht diese Sucht, die mich am meisten beschäftigt. Ja, ich habe Drogen genommen, aber ich war nie an dem Punkt, an dem ich sie brauchte. Es gab nie einen Moment, in dem ich dachte, dass ich ohne sie nicht klarkommen würde. Andere Dinge hingegen …« Ich schiele das erste Mal seit Beginn der Sitzung zu Kaleb herüber, und als mich seine starren Augen treffen, macht mein Herz einen Satz. Es fühlt sich an, als könnte es meinen Brustkorb aufreißen und einfach herausspringen. Sich komplett vor ihm und den anderen entblößen. Es liegt mit all seinen Narben einfach offen da. Noch nie in meinem Leben habe ich mich so nackt gefühlt wie hier.

»Andere Sachen haben einen viel größeren Einfluss auf mich. Auf meinen Körper. Auf meine Psyche. Ich bin kein Mensch, der schnell von Substanzen abhängig wird.« Ob jemand bemerkt, wie stark meine Stimme zittert? Sich hier zu öffnen, gleicht einem Seelenstriptease. Und auch, wenn ich kein Problem damit habe, mich vor anderen nackt zu zeigen, ist das hier eine ganz andere Hausnummer. Das hier fällt so viel schwerer.

»Wovon bist du sonst abhängig? Uns kannst du es sagen. Jeder von uns kennt unterschiedliche Versionen der Sucht. Es gibt nicht nur ein Muster.« Susans Stimme ist so weich und warm, dass man ihr am liebsten das ganze Herz ausschütten würde und wären wir zu zweit in diesem Raum, würde ich sicher schon schluchzend in ihren Armen liegen. Mit den Fingerspitzen fahre ich den Rand des mit Stoff bezogenen Stuhls nach, auf dem ich sitze, während ich meinen ganzen Mut zusammenfasse. *Scheiß auf Zurückhaltung. Scheiß auf Abwehr.*

»Ich bin leicht von Beziehungen abhängig. Von Menschen, die mir wichtig sind. Menschen, die ich liebe.« Ein Knoten entsteht in meinem Hals, der sich nicht lösen lässt. Kalebs Blick weicht für einen Moment auf und ich nutze diesen Lichtblick, um noch einen Schritt weiterzugehen. Noch deutlicher zu machen, dass ich von ihm rede, auch wenn er es sicher längst weiß. Die anderen im Raum hören mir gespannt zu, aber für mich sind sie alle unsichtbar geworden, als er mir seine Aufmerksamkeit geschenkt hat.

»Und einen von diesen Menschen habe ich verletzt, mehr, als ich je jemanden verletzt habe. Ich habe einen Fehler gemacht, den ich nicht so leicht wiedergutmachen kann, obwohl ich mir nichts sehnlicher wünsche. Ich weiß, dass ich die Dinge nicht ungeschehen machen kann, aber ich will eine zweite Chance.«

Mittlerweile sollte jeder im Raum wissen, wen ich damit meine, immerhin kann ich die Augen nicht von Kaleb lassen. Er ist nur vier läppische Sitze von meinem entfernt, aber in seinen Augen sehe ich, dass es Welten sind. Dass uns viel mehr trennt als nur vier Schritte zueinander. Selbst als wir uns berührt haben, war da diese Barriere, die es früher nicht gab. Weder von seiner noch von meiner Seite aus. Aber ich habe mir vorgenommen, seine Mauern mit einem verdammten

Vorschlaghammer einzustürzen, wenn ich keine andere Möglichkeit habe. Ich habe unsere Vergangenheit auf dem Gewissen, aber ich kann immer noch für eine gemeinsame Zukunft kämpfen.

»Vielleicht habe ich versucht, mit den Drogen zu betäuben, dass ich diesen Menschen so stark enttäuscht habe. Ja, ich glaube, dass ich damit die Schuld zum Schweigen bringen wollte.« Ich spüre hinter meinen Lidern, dass die Tränen näher sind, als mir lieb ist. Ich wollte alles, nur keine Schwäche zeigen. Alle starren mich und Kaleb an, und dann passiert etwas, das ich nie für möglich gehalten hätte.

Kaleb ergreift das Wort.

»Ich habe auch einen großen Fehler in meiner Vergangenheit gemacht.« Während uns alle ansehen wie ein streitendes Paar in einer TV-Show, haben wir nur Blicke für uns. Ich für ihn und er für mich. Meine grünen Augen für seine graublauen.

»Was für einen Fehler, Kaleb?« Susan scheint genauso erstaunt zu sein wie ich, immerhin ist Kaleb der verschlossenste von allen. Jemand, bei dem es schon einem Wunder gleicht, dass er uns überhaupt seinen Namen verraten hat.

Seine Augen fokussieren mich mit solch einer Wucht, dass es mich kaum noch auf diesem Stuhl hält. Es gibt Menschen, die können mit ihrer Mimik mehr aussagen als andere in endlosen Monologen. *Ein Blick von ihm und ich bin verloren.*

»Ich habe der falschen Person vertraut.« Mein Mund wird trocken, je länger wir uns indirekt vor den Ohren aller beschuldigen, ohne dabei konkret auf unsere Verbindung einzugehen.

»Und was hat diese Person getan?«, bohrt Susan weiter nach und ich würde sie am liebsten anflehen, es darauf beruhen zu lassen. Hielt ich diese ganze Sache eben noch für eine gute Idee, bereue ich jetzt, überhaupt den Mund aufgemacht zu haben. Kaleb zögert, bevor noch mehr Kälte in seine Augen tritt, während meine sich langsam mit Tränen fluten.

»Sie hat mich benutzt.« Er steht völlig unter Strom, während in mir alles wie in einem Tornado aufwirbelt. Jede Last, jede schlaflose Nacht der letzten Jahre. Jeder Schmerz. »Und ich lasse mich nicht mehr benutzen.« Seine Sicht der Dinge sorgt für einen heftigen Schlag, mitten in mein Gesicht. Die ersten Tränen rinnen über meine Wangen, die ich eilig mit den Ärmeln meines Hoodies wegwische, bevor sie jeder wie ein Leuchtreklameschild sehen kann. Ich wollte definitiv nicht die Erste hier sein, die sich so verletzlich zeigt. Aber vielleicht hat mein kleiner Zusammenbruch auch etwas Gutes und ich kann den anderen helfen, sich ebenfalls zu öffnen.

»Entschuldigt mich.« Prompt bin ich aufgestanden und zur Tür gerannt. Ich muss raus hier. Muss seine Worte verarbeiten und das, was sie mit mir gemacht haben. Vor der Tür sinke ich zu Boden, lehne mich mit dem Rücken gegen die gegenüberliegende Wand und bette das Gesicht in meine Hände. Ich zittere. Und ein kleiner Teil in mir hofft, dass Kaleb mir folgt, aber die Tür zu Raum zwölf bleibt geschlossen. Er zieht es sogar vor, in dieser Gruppensitzung zu bleiben, als mir zu folgen.

***

Weitere zwanzig Minuten später verlasse ich endlich meinen Posten vor dem Gruppenraum und gehe in den Garten. Es ist schon Abend und die Luft im Gegensatz zu der im Gebäude erfrischend. Hier in Florida riecht es fast überall nach Meer und ich wünschte, ich könnte einfach meine Sachen packen und abhauen. Meine Zehen irgendwo an einem der vielen Strände im Sand vergraben, während mich die Wellen gedanklich wegbringen. An einen Ort, in dem es nur noch die Gegenwart gibt. Ein Ort, der nicht von den Schatten der Vergangenheit oder den Ängsten vor der Zukunft dominiert wird. Wir Menschen leben schon immer viel zu wenig im Hier. Immer tragen wir diesen Ballast mit uns, der uns davon abhält, die Dinge zu genießen. Jede Minute zieht sich wie ein Kaugummi, und als hinter mir die Tür geöffnet wird, zucke ich zusammen. Kaleb betritt den Garten, eine Zigarette zwischen seinen Lippen, die er sich jetzt mit zitternden Händen anzündet.

Er hat mir vorgestern nicht anvertraut, wie schlimm es um ihn steht, aber jeder Blinde sieht, wie sehr die Sucht ihn im Griff hat. Und ich sehe es noch deutlicher als der Rest, weil ich ihn kenne. Weil ich weiß, wie sein Körper in den krassesten Situationen reagiert hat. Kaleb würdigt mich keines Blickes, und als er einfach an mir vorbeilaufen will, stoppe ich ihn.

»Ich wusste schon immer, dass du launisch bist. Aber dass du ein Arschloch bist, nicht.« Das sind nicht ansatzweise die Worte, die ich sagen wollte, aber ich konnte meine Gedanken schon immer kaum zügeln. Eine Eigenschaft, die mich mehr als einmal in die Scheiße geritten hat, aber er hat diese Seite an mir immer geliebt. Kaleb lacht verbittert, als er sich zu mir umdreht. Ich sitze auf einer der schmalen Granitbänke, während er auf mich hinabsieht. Er war nie ein Mensch, der sich über andere stellt, aber ich muss aufhören, den Alten in ihm zu suchen. Dabei bin ich mir sicher, dass hinter den tiefen Schatten unter seinen Augen und der blassen Haut immer noch Leben steckt.

»Wieso? Weil ich dir nicht hinterherrenne wie ein Köter einem Knochen?« Seine barsche Wortwahl passt nicht zu dem Jungen, den ich damals noch so gebraucht habe. All die Zeit dachte ich, er wäre noch derselbe, aber die harte Realität steht jetzt vor mir in Form eines beinah anderen Menschen. Insgeheim habe ich in den letzten Monaten gehofft, ihn wiederzusehen, um ihm alles zu erklären. Jetzt – wo ich die Chance dazu habe –

bin ich zu feige, um sie zu nutzen. »Ich will nicht, dass du mir hinterherrennst.« Mühevoll stemme ich mich hoch und gehe einen Schritt auf ihn zu. Zu meinem Erstaunen weicht er dieses Mal nicht zurück. Zumindest nicht sofort.

»Aber ich sehe, dass ich immer noch eine Wirkung auf dich habe.« Wieder will ich ihn berühren, will ihm alles erklären, aber ich kann nicht. Nicht so. Nicht hier. Nicht, wenn er sich mir nicht öffnet. Sein Blick wird dunkler, je länger ich vor ihm stehe, und wenn ich mich nicht irre, ist da ein Verlangen in seinen Augen, das ich zu gut nachempfinden kann. Kaputte Menschen haben sich schon immer wie Magnete angezogen, und Kaleb ist wie ein Teil meiner zersprungenen Vase. Ohne ihn bin ich nicht vollständig. Ob er die Drogen genauso angesehen hat, wie er mich im Moment ansieht? Als würde er ohne sie untergehen?

»Siehst du?« Ich schlucke meinen Stolz herunter. »Deine Atmung flacht ab, wenn ich dir nah bin.« Ich schließe kurz die Augen. »Und wenn du mich lassen würdest, könnte ich dir beweisen, dass dein Herz schneller schlägt, wenn ich bei dir bin und dich berühre.«

Gerade als ich meine Hand heben und auf sein schwarzes Shirt legen will, weicht er letztendlich doch zurück. Die Hoffnung in mir war nicht sonderlich groß, aber jetzt zerplatzt auch der Rest von ihr wie eine Seifenblase. Das ist das Tückische an ihnen. Sie sind wunderschön, aber nie von Dauer. Ein Windzug, eine falsche Berührung und sie sterben einfach. Kaleb nimmt einen tiefen Zug seiner Zigarette, wirft den Stummel auf den Boden und tritt ihn mit der Spitze seines Stiefels aus.

»Sieh mich an.« Seine Aufforderung ist nur ein Funken, aber dieser Funken kann schnell zu einem heftigen Feuer werden. Entweder werden mich seine Flammen heilen oder völlig vernichten. Mein Herz schlägt drohend gegen meine Brust.

»Was siehst du?«, fragt er mich leise, fast brüchig. Es ist das erste Mal, seit wir uns hier begegnet sind, dass ein Teil seines wahren Gesichts durchblitzt. Ich klammere mich wie eine Ertrinkende an dieses Funkeln in seinen Augen.

»Kälte«, antworte ich ehrlich. Kaleb hält einen Moment inne, bevor er etwas sagt. Als ich ihm das nächste Mal in die Augen sehe, gefriert mir das Blut in den Adern, weil meine Antwort viel zu wahr ist.

Seine Wärme, die er mir trotz all der schlimmen Dinge in seinem Leben geschenkt hat, vermisse ich jetzt. Aber was erwarte ich auch? Dass er mir direkt in die Arme springt und mit mir in den Sonnenuntergang reitet? Die besten Geschichten laufen nie so ab. Die besten Geschichten sind die, für die man kämpfen muss. Geschichten, die Tränen und Blut kosten. Sie sind es, die am Ende alles andere überstehen werden.

»Dann gewöhn dich besser daran. Du denkst, dass ich dich immer noch will? Dass es mir schwerfällt, deine Nähe auszuhalten?« Jedes Wort bringt ihn einen Zentimeter dichter an mich heran. »Dass du mich mit diesem Blick einfach wieder rumkriegst, wie damals? Dass du meine Letzte werden könntest, nur, weil du meine Erste warst?« Sein Aftershave vernebelt meine Sinne, sodass ich kaum klar denken kann. Ich konnte nie wirklich klar denken, wenn er mich angesehen hat.

»Vielleicht hast du recht und irgendetwas passiert in mir, wenn ich dich sehe. Aber das sind nur noch die Reste meines alten Ichs. Und diese Reste werden auch noch sterben. Am Ende wirst du sehen, dass du nichts weiter bist als ein verblichener Strich in meiner Vergangenheit.«

Ich falle einige Schritte nach hinten, und dann geht Kaleb an mir vorbei zurück ins Gebäude, während seine Sätze durch mich hindurchhallen wie ein Echo. *Etwas passiert in ihm, wenn er mich sieht* … und das erste Mal, seit er wieder in meinem Leben ist, habe ich keine Angst mehr vorm Scheitern, auch wenn er mich schon wieder einfach stehen gelassen hat.

KALEB

Vergangenheit

»Hey, Sky!« Sie wirft sich weinend in meine Arme und ich bin völlig überfordert mit dieser Situation. Bis jetzt habe ich sie noch nie weinen sehen und es bricht mir fast das Herz. Schon als sie mich völlig aufgelöst angerufen und gefragt hat, ob wir uns treffen können, wusste ich, dass etwas nicht stimmen kann. Insgeheim hatte ich gehofft, nur von meiner Übervorsorge, was sie angeht, getäuscht zu werden. Leider sieht die Realität anders aus. Nämlich viel zu traurig - mit verweinten Augen und blasser Haut.

Ihre Wange schmiegt sich an meinen Hoodie, während ich sie weg vom Gehweg und hinein in das Häuschen an der Bushaltestelle ziehe. Es ist mitten in der Nacht und ich will nicht, dass uns irgendjemand hier sieht. Dank Phoes Geschäften weiß ich bestens, dass man die Straßen nachts in dieser Gegend einfach meiden sollte, wenn man nicht an die falschen Leute geraten will oder auf Klingen im Bauch steht. Auf den Partys sind wir jedenfalls sicherer als hier und Sicherheit ist alles, was ich ihr geben will, wenn sie so aufgelöst ist.

»Hey, Sky.« Mit leichtem Druck presse ich sie an mich. »Sieh mich an, ja?« Erst schüttelt sie den Kopf, doch je länger ich sie halte, desto mehr weicht ihre Starre auf und ihr Vertrauen in mich gewinnt. Sie blinzelt verweint zu mir auf und ich wische ihr mit meinem Hoodie die Tränen weg.

Wir kennen uns schon seit mehreren Wochen, aber sie hatte immer ein Lächeln auf den Lippen, das jeden in ihrem Umkreis angesteckt hat. Selbst mich. Vielleicht sollte ich sie endlich mit nach Hause nehmen und meiner Familie vorstellen … meine Brüder könnten jemanden wie sie brauchen. Jeder Mensch auf diesem Planeten sollte eine Sky haben.

»Was ist passiert?«, frage ich sie einfühlsam.

Sie lässt von mir ab, bis jetzt hat sie kein Wort gesagt, obwohl sie sonst selten eine Minute still sein kann. Aufgelöst läuft sie vor mir auf und ab, im Hintergrund fahren vereinzelt Autos mit lauter Musik durch den Regen, wobei das Wasser bis auf den Gehweg spritzt. Ein weiterer Grund, wieso wir es hier drin besser haben. Ich setze mich auf die Holzbank in dem Haus aus Backsteinen und deute auf meinen Schoß.

»Komm her.« Wieder zögert sie, aber einige Sekunden später sitzt Sky auf meinen Knien und sieht mich orientierungslos an. Ob sie etwas genommen hat? Sie benimmt sich so anders, als ich sie kenne. Distanzierter. Als hätte sie gerade einen verdammten Geist gesehen.

»Es geht um meine Schwester«, schluchzt sie. Bis jetzt weiß ich von Anna nur, dass sie drei Jahre älter als Sky ist und sie ihr von ihrer Familie am nächsten steht. Viel mehr hat sie mir nicht über sie verraten und mehr wollte ich auch gar nicht wissen, weil ich Angst hatte, dann auch über meine Geschwister reden zu müssen.

»Was ist mit ihr?« In meinem Kopf male ich mir – wie immer – die schlimmsten Szenarien aus. Was, wenn sie krank ist? Sky würde damit niemals klarkommen, wenn ihrer Schwester etwas passiert. Sie schürzt die Lippen und senkt den Blick.

»Hey, mir kannst du es sagen. Du weißt, dass ich alles für mich behalten kann.« Meine Hand greift nach ihrem Kinn und dann lässt sie diese Abwehrhaltung endlich fallen.

Selten habe ich so offen ihre Gefühle sehen können wie in diesem Moment. Selbst wenn sie mir blind vertraut, war da immer ein Teil, den sie verborgen hat.

»Sie hat da diesen Typen kennengelernt. Miles.« Ihre Atmung rasselt und ich spüre, dass sie unter ihrem dünnen Shirt zittert. Rasch habe ich meinen Hoodie ausgezogen und ihr hineingeholfen. Mir ist in Skys

Nähe immer so warm, dass mir mein Shirt, das ich darunter trage, ohnehin reicht. Weil ich sie nicht bedrängen will, warte ich, bis sie weiterspricht. In meinem Pulli sieht sie viel zu gut aus. Verloren … aber umwerfend. Wäre sie nicht so traurig, müsste ich sie jetzt einfach küssen. Vielleicht sollte ich sie auch so küssen, immerhin liebt sie meine Küsse.

»Ich habe keine Ahnung, wo sie den Kerl kennengelernt hat, aber er kam mir von Anfang an so seltsam vor. Irgendwie hat er mir Angst gemacht.« Innerlich schrillen alle Alarmglocken auf. Was, wenn er …?

»Hat er dir wehgetan?« Die Angst in ihren Augen ist viel zu greifbar, und allein die Vorstellung, jemand könnte meinem Mädchen wehgetan haben, macht mich rasend. Zu meinem und dem Glück dieses Kerls schüttelt sie den Kopf, wobei ihre blonden Haare vom Regen strähnig vor ihr Gesicht fallen. Sie muss hergelaufen sein, obwohl es ein gutes Stück bis hierhin ist. Skylar kommt nicht aus dieser schäbigen Gegend. Nicht wie ich.

»Nein. Mir nicht. Und ihr auch nicht, glaube ich …« Sie zögert. »Jedenfalls noch nicht. Ich habe gerade Anna völlig aufgelöst vor unserer Haustür gefunden. Sie sagte, dass sie diesem Kerl etwas schuldig ist und dass sie Angst hat. Vor ihm und davor, was er tun könnte.«

»Was ist sie ihm schuldig?«

»Sie wollte mir nicht sagen, was da vorgefallen ist. Aber es geht wohl um Geld.« Sky pustet die angestaute Luft aus, während ich überlege, wie ich ihr helfen kann. Bis jetzt hat sich bei mir alles um sie gedreht und ich kenne Anna immerhin kaum. Aber sie ist ihre Schwester und mir ist klar, wie viel sie ihr bedeutet. Und obwohl ich zu meiner Familie im Moment keinen sonderlich guten Draht habe, würde ich immer noch alles für sie tun. Eine Tatsache, die ich keinem von ihnen unter die Nase reiben würde, weil mich die Wahrheit nur angreifbar macht.

»Sie schuldet dem Kerl also Geld?«, hake ich nach.

»Ja. Und er hat gesagt, dass sie es bereuen wird, wenn sie die Kohle nicht schnellstmöglich besorgt. Ich habe … ich habe Angst, K.« Ihre Unterlippe zittert, als sie mich ansieht. Es bricht mir das Herz, sie so am Boden zu sehen. Dieses Mädchen, das sich sonst schon über Seifenblasen freut wie über einen Sechser im Lotto. Noch nie habe ich einen Menschen getroffen, der so lebensfroh ist wie Skylar. Dass dieser Typ ihr diese Freude nimmt, lasse ich nicht zu.

»Um wie viel Geld geht es denn?« Ich habe keine Kohle, aber ich muss einfach einen Weg finden, ihr zu helfen. Wenn es nur ein paar Hunderter sind, kriegen wir sie sicher schnell besorgt.

»Fünftausend.« Und sofort entweicht mir die Farbe aus dem Gesicht. Fünftausend kriegt man definitiv nicht über Nacht beschafft. Sky beißt sich nervös auf die Lippe, während ich in meinen Gedanken nach einer Lösung suche, die sie da rausboxt. Im nächsten Augenblick erschüttert mich ihr Schluchzen. Ich ziehe Sky eng an mich, lasse kaum einen Zentimeter Platz zwischen uns, damit sie merkt, dass ich für sie da bin. Sie muss nie wieder allein sein. Noch mehr Autos preschen an uns vorbei, und als eines so stark durch die Pfütze rast, dass wir beide nass werden, muss sie wieder grinsen. Auch wenn es das traurigste Lächeln ist, das ich je gesehen habe.

»Hey, wir schaffen das, okay?« Momentan glaube ich selbst noch nicht daran, aber immerhin habe ich eine Idee, wie ich an das Geld kommen könnte.

»Sicher?« Ihre Wimpern kleben von den Tränen zusammen und dieser Anblick festigt mein Vorhaben nur umso mehr. Für ihr Lachen würde ich alles aufs Spiel setzen.

»Ganz sicher. Ich verspreche dir, dass wir das schaffen. Zusammen.« Erleichtert schlingt sie die Arme um mich, während ich versuche, mir nicht anmerken zu lassen, was in mir passiert.

»Zusammen«, murmelt sie an meiner Schulter. »Immer nur zusammen.« Sie legt ihre zitternde Hand an meine Wange und erschüttert Sekunden später meine Welt mit ihren Worten. Weil es das erste Mal ist, dass jemand diese Worte zu mir sagt. »Ich liebe dich, Kaleb Nolan. Und das werde ich immer tun.«

KALEB

Gegenwart

Mein sechster Tag in dieser Einrichtung für Junkies neigt sich dem Ende zu, und obwohl die Entzugserscheinungen langsam blasser werden, kann ich immer noch kaum an etwas anderes denken. Nur, wenn Sky in meiner Nähe ist, vergesse ich, wieso ich hier bin. In diesen Momenten vergesse ich das Zittern, die Übelkeit und die rasenden Kopfschmerzen, die sich anfühlen, als würde jemand einen Bohrer direkt in meine Schädeldecke jagen. Nur dieser Hass, der jedes Mal in mir wach wird, wenn sie vor mir steht, bringt mich fast um. Es ist schwer zu entscheiden, welche Gefühle die schlimmeren sind.

Auf den Fluren herrscht kaum noch Treiben, und gerade als ich mir Kopfhörer aufsetzen und meine Gedanken mit irgendeiner No-Name-Metal-Band zum Schweigen bringen will, klopft es an meiner Tür.

Instinktiv gehe ich davon aus, dass es Sky ist, aber als mein Bruder das Zimmer betritt, verdrehe ich genervt die Augen. Ich glaube, dass mir selbst ihre Anwesenheit lieber wäre als Phoes. In den letzten Jahren haben fast all unsere Gespräche in einem Drama geendet und davon habe ich hier drin wirklich genug. Von dem Drama in meinem Kopf ganz zu schweigen, weil ich schon viel zu lange meine wahren Gefühle in mir trage. Die Drogen haben sie mir genommen und jetzt bin ich ihnen ausgeliefert.

»Hey.« Er hat eine Reisetasche dabei, die er jetzt vor meine Füße wirft. »Mom hat noch ein paar Klamotten von dir eingepackt.« Ohne um Erlaubnis zu fragen, schmeißt er sich auf mein Bett und sieht sich im Raum um. Ihm brennt etwas auf der Zunge, aber er spricht es nicht aus. Vermutlich will er mir wieder eine Predigt halten, weiß aber, dass er es damit nur schlimmer macht und hält sich zurück. Was vermutlich nicht allzu lange hält, wie ich ihn kenne.

»Danke.« Ich schnappe mir die Tasche, öffne den Reißverschluss und spähe hinein. Ein paar Klamotten, mein Laptop und Kekse, die ich als Kind immer geliebt habe, befinden sich darin. Mir bleibt ein Lachen im Hals stecken. Mom glaubt doch nicht ernsthaft, dass mich Kekse besänftigen können? Dass ich dadurch vergesse, wie sie mich abgeschoben haben?

Mom hat sich jahrelang ihrer Sucht hingegeben und ihre gesamte Familie vernachlässigt und trotzdem hat sie nie jemand im Stich gelassen. Etwas, das meinen Stellenwert in der Familie deutlich macht. Mein Blick wandert zu dem immer noch eingepackten Geschenk auf dem Nachttisch, das ich bis jetzt nicht angerührt habe. Es ist mir egal, was drin ist.

»Ich weiß, was du denkst.« Phoenix ist es genauso unangenehm, hier zu sein, wie es mir unangenehm ist, ihn bei mir zu haben. Das unbeschwerte Verhältnis zwischen uns scheint Lichtjahre her zu sein und ich bin mir sicher, dass es nie wieder kommen wird. Nicht ohne fremde Hilfe, dafür sind wir beide viel zu stur auf diese Welt gekommen.

»Ach ja?«

Ich bezweifle, dass du irgendwas weißt.

Du hast dich immer nur um deinen Scheiß gekümmert.

»Ja. Du denkst, dass wir uns nicht mehr mit deinen Problemen befassen wollen. Aber so ist es nicht.« Er versucht, Blickkontakt aufzubauen, aber ich will und kann ihn nicht ansehen. Bei meiner momentanen Verfassung würde ich noch Gefühle zeigen, die er nicht sehen soll. Es fällt mir schon schwer genug, Sky nicht zu zeigen, was unser Zusammentreffen mit mir gemacht hat. Nicht vor ihr heulend am Boden zusammenzubrechen und sie anzuflehen, mir alles zu erklären. Ihre Erklärungen wären nichts als eine leere Hülle.

»Für mich wirkt es aber so.« Dass es nicht leicht mit mir ist, weiß ich. Aber ich bin nicht der Einzige, der in unserer Familie heftige Probleme hat.

»Du weißt, dass wir mehr als einen Entzug zusammen durchgestanden haben. Wir dachten, dass es dir helfen würde, umzuziehen, aber da haben wir uns getäuscht. Mom ist auf einem guten Weg, Raven hat seine Kämpfe an den Nagel gehangen und ich deale nicht mehr. Außerdem kriege ich ein Kind, Alter.« Ich komme immer noch nicht darauf klar, dass Phoe bald Vater sein soll. Wenn ich es richtig verstanden habe, ist Amber schon weiter in der Schwangerschaft fortgeschritten, als man aufgrund ihres Bauches erahnen könnte. Eines muss man meinem Bruder lassen: Wenn er etwas macht, dann richtig. Ich mag Amber mittlerweile sogar lieber als ihn, weil sie mich noch nie für etwas verurteilt hat. Sie hat mir nie gesagt, wie ich mich zu verhalten habe.

»Ich verstehe schon, dass ich eurem Glück im Weg bin. Alle kriegen es hin, nur ich nicht.«

»Bullshit.« Phoenix klingt wütend und ich kann seine Reaktion sogar nachvollziehen. Trotzdem bin ich es leid, als einziges Problemkind angesehen zu werden. Keiner von uns beiden sagt mehr etwas und ich würde ihn am liebsten rausschmeißen, bevor die Stille noch unangenehmer wird. Wieso können mich nicht einfach alle in Ruhe lassen?

»Ich habe *sie* hier gesehen.« Der Themenwechsel sorgt für einen Stich in meiner Brust und dafür, dass mir noch übler wird. Phoenix sieht mich mit undefinierbarem Blick an. Man konnte ihn noch nie richtig einschätzen, aber jetzt ist es fast unmöglich.

»Skylar. So hieß sie doch, oder?« Dass er sie anspricht, macht meine Verfassung wirklich nicht besser. Meine Gedanken kreisen ohnehin schon viel zu oft um sie und um das, was sie in mir wachruft. In den letzten Jahren war da diese Leere, die ich mit dem Stoff betäuben wollte. Jetzt ist aus der Leere ein verdammter Tsunami geworden, mit dem ich genauso wenig klarkomme. Es gibt keinen Mittelweg für mich. Der einzige Weg für mich ist da durch.

»Ich will nicht über sie reden«, fahre ich ihn an, aber Phoe denkt nicht daran, es einfach darauf beruhen zu lassen.

»Du weißt, dass du nur ihretwegen hier bist, oder?«

Ja.

Verdammt.

Und deshalb muss sie dafür leiden.

Sie *wird* dafür leiden.

»Dann lass nicht zu, dass du dich wieder an ihr verbrennst, Kaleb.« Phoenix' Ratschläge machen mich wütend, so wütend, dass ich am liebsten das genaue Gegenteil davon machen würde. So war es bei Phoe und mir immer. Wenn er gesagt hat, dass ich aufhören muss, zu konsumieren, habe ich es erst recht gemacht.

Wenn er sagte, ich soll den Abend zu Hause verbringen, bin ich abgehauen. Wenn er wollte, dass mir die Sonne aus dem Arsch scheint, habe ich ein Gewitter ins Haus gebracht.

»Du solltest jetzt gehen.« Meinen Rauswurf nimmt er erstaunlich locker, indem er nickt, aufsteht und ohne ein weiteres Wort den Raum verlässt. Während ich auf dem Bett sitze und nur daran denken kann, was er gesagt hat.

Ich bin nur ihretwegen hier. Phoe hat die Tür einen Spalt offen gelassen, und als ich das nächste Mal nach draußen sehe, steht sie einfach da. Sky lehnt an der Wand gegenüber meines Zimmers und sieht mich an.

Ihre Haare fallen über ihre nackten Schultern, ihre Finger spielen mit den Fransen ihrer kaputten Jeansshorts. Mit einem Satz bin ich auf dem Flur und packe sie bei der Hand, um sie in mein Zimmer zu zerren. Mit einer fließenden Bewegung drücke ich sie gegen die Wand. Hallo, Déjà-vu.

»Was willst du von mir? Wieso lauerst du mir überall auf?« All die Wut, die Phoes Besuch in mir hinterlassen hat, will jetzt wie eine Bombe explodieren. Er hat mir gesagt, dass ich mich von ihr fernhalten soll und stattdessen ziehe ich sie in mein Zimmer.

Skys Atem stockt und ich presse ihre Hände so fest gegen die Wand, dass es ihr längst wehtun muss. Sie lässt sich nichts dergleichen anmerken. Entweder sie empfindet nichts mehr oder sie ist noch besser darin geworden, Dinge und Gefühle zu überspielen. »Wo warst du?«, setze ich noch hinterher. »Wo warst du in den letzten Jahren?« *Wo warst du, als ich dich am meisten gebraucht hätte?* Sie scannt mein Gesicht ab, als würde sie in ihm die Antwort finden.

»Hier und da.« Ihre lächerliche Antwort treibt meine Wut weiter an. Nach allem, was wir zusammen durchlebt haben, hält sie es nicht mal für nötig, mir die Wahrheit zu sagen? Nicht mal einen Krümel wirft sie mir hin?

»Weißt du was?« Meine Stimme zittert. »Fick dich.« Ich lasse von ihr ab und stiefle zum Fenster, brauche einfach nur Luft, die nicht nach ihrem Parfum riecht. Sie verpestet meine kompletten Sinne, die ich alle wieder betäuben will.

Es gibt Drogen, die dich abstumpfen lassen und solche, die dich alles intensiver fühlen lassen. Im Moment will ich nur taub sein. »Fick dich und deine Lügen.«

»Ich lüge nicht!« Jetzt wird auch sie wütend, was das Ganze hier deutlich interessanter macht. So perfekt wir damals zusammen waren, so explosiv waren wir auch. Mehr als einmal sind wir aneinandergeraten, was meistens in wütendem Sex geendet hat.

Mit ihr hatte ich mein erstes Mal und früher hatte ich den Wunsch, dass sie meine Einzige bleibt. Dass Skylar Jones auch meine Letzte sein würde. Mittlerweile weiß ich, dass dieser Wunsch albern war, so etwas wie

DIE Eine gibt es nicht. Vielleicht in kitschigen Büchern und Filmen, aber nicht im echten Leben. »Wieso bist du hier? Ausgerechnet in derselben Klinik wie ich? Ausgerechnet in Florida?«, spotte ich und wünschte, ich könnte einfach mit einem Fingerschnipsen verschwinden. Wünschte, ich könnte die letzten Jahre aus meinem Gedächtnis radieren, aber Sky hat ihre Zeichen mit einem Edding gesetzt. Sie hat ihre Spuren in meine Haut geritzt, damit ich sie in Form von Narben in mir trage.

»Das hier ist die beste Klinik für Menschen wie uns.« Sie klang selten so kleinlaut wie gerade. Sky stößt sich von der Wand ab und treibt mich wieder in die Ecke. Vor mir bleibt sie stehen, unter ihrem Schlüsselbein sehe ich ihre flache Atmung. Ihren Körper hatte sie noch nie unter Kontrolle. Egal, ob in Form von Tränen, exzessivem Lachen oder unkontrolliertem Zittern, wenn ich in ihr war.

»Das ist die Antwort, die ich dir geben sollte. Aber für mich ist es kein Zufall, dass wir beide hier sind. Nach all der Zeit. Für mich ...«

»Sag es nicht!«, unterbreche ich sie. Vergebens.

»Für mich ist es Schicksal. Das war es mit uns beiden schon immer.« Ihre Wangen sind feuerrot, ihre Augen viel zu schön. Niemand sollte gebrochen so schön sein. Mein Blick wandert an ihr hinab, und als ich dünne, weiße Narben auf ihren Unterarmen sehe, wird mir schwindelig. Ich nehme ihre Arme in meine Hände und

101

fahre mit den Fingern über die leicht erhobenen Schlieren. Das, was ich in mir trage, zeigt sie auch äußerlich.

»Was ist das?« Ihre Haut fühlt sich eindeutig zu gut an meiner an, selbst ihre Narben. Sky schluckt schwer, bevor sie mir antwortet.

»Die Zeit ohne dich hat ihre Spuren hinterlassen. Du denkst vielleicht, dass es leicht für mich war, aber das stimmt nicht, K.« So hat sie mich früher immer genannt, und in dieser Sekunde fühlt es sich an, als wäre keine Zeit vergangen. Als wäre sie nie weg gewesen. Ihre Lippen stehen leicht offen, ihr Augenaufschlag killt mich. Und bevor ich mich stoppen kann, bringe ich die Dämonen in mir zum Schweigen, indem ich sie an mich ziehe. Mit einem Ruck habe ich die Vorhänge zugezogen, Sky auf die Fensterbank gesetzt und mich zwischen ihre Beine geschoben. Ich benutze sie als meine Droge. Als meine Betäubung.

»Kaleb«, murmelt sie meinen Namen und legt den Kopf in den Nacken. Ihre Lust war schon immer das Schönste, was ich je gesehen habe. Wenn sie unter mir erzittert ist und ihr ganzer Körper pulsiert hat … Sky öffnet ihre Hose, ich verstehe ihre Einladung, hebe ihren Arsch hoch und ziehe die Jeans mitsamt dieses Hauchs von Slip aus. Beides werfe ich achtlos zur Seite. Ihre Mitte ist immer noch genauso verlockend wie damals. Ihre Haut immer noch genauso weich. Wie sie heute schmeckt?

Sekunden später beuge ich mich nach vorne und küsse ihren Kitzler, um es herauszufinden. Erst sanft, dann härter. Ob sie es immer noch mag, wenn meine Zähne über ihn fahren? Die Antwort erhalte ich in Form eines heftigen Keuchens, das vermutlich beide Nachbarn hören können. Scheiß drauf. In diesem Moment sind die Gedanken endlich aus. Sky schafft es, dass sie ruhig sind, und mehr zählt im Augenblick nicht. Vor zwei Jahren zählten ganz andere Dinge, aber nicht mehr heute.

Stöhnend krallt sie sich in meinem Haar fest, während ich einen Finger in sie schiebe und weiterhin ihren Kitzler mit meiner Zunge bearbeite. Ihre Knie pressen sich gegen meine Schultern und es erstaunt mich immer wieder, wie viel Kraft so zierliche Frauen wie sie in solchen Momenten entwickeln. Meine freie Hand wandert über ihren flachen Bauch, hoch zu ihrem Top, das ich ihr unsanft herunterschiebe. Kein BH … wer hätte das gedacht?

Manche Dinge ändern sich nie. Ich entdecke eine Narbe, direkt unter ihren Brüsten, doch als ich sie mit den Fingern berühre und sie danach fragen will, legt sie mir ihren Zeigefinger vor die Lippen. »Die ist nur von einem Unfall.« Als sie meine Hände packt und nach oben schiebt, vergesse ich alles andere.

Ihre Titten sind perfekt. Ihr gesamter Körper ist es. Und früher war es auch ihr Charakter. Aber in diesem Moment vergesse ich, wer sie ist und was sie mir angetan hat. Hierbei geht es um mehr als um Rache. Es geht um Betäubung, die mir sonst die Drogen verschafft haben und die ich hier drin nicht kriege. Sky ist meine Alternative.

»Oh Gott.« Sie drückt ihren Rücken durch, rutscht von der Fensterbank herunter und taumelt zum Bett, auf das sie sich elegant fallen lässt. Als ich auf dem Weg zu ihr bin, muss ich mich entscheiden. Entweder, ich lasse sie das spüren, was ich in den letzten Jahren ihretwegen gefühlt habe und schicke sie weg ... oder ich gebe dem Verlangen nach. Dem Verlangen, sie wieder an mir zu spüren. Wieder in ihr zu sein und mich kurz zu fühlen, wie ich mich früher gefühlt habe. Ganz.

Als Sky ihre Beine ein Stück öffnet und sich auf die Unterlippe beißt, steht die Antwort fest ... Ich hole ein Kondom aus meiner Tasche, knie mich auf das Bett, schiebe ihre Schenkel auseinander und beuge mich über sie.

SKYLAR

Gegenwart

Wer hätte gedacht, dass der Abend so einen Verlauf nehmen würde? Eigentlich war ich nur auf dem Weg vom Snackautomaten zu meinem Zimmer, weil ich unfassbaren Hunger hatte und den Fraß hier nicht herunterbekommen habe, als ich plötzlich Kalebs Bruder entdeckt habe. Wie von selbst haben mich meine Beine zu seinem Zimmer getragen, als er wieder verschwunden ist. Ohne die geringste Hoffnung, dass Kaleb mich anhören würde.

Jetzt ist sein Körper mir so nah, dass kaum ein Blatt zwischen uns passt. Ich liege nackt unter ihm, während er sich mit vollem Gewicht gegen mich presst. Meine Hände fahren über seinen muskulösen Rücken, und als ich den Druck meiner Nägel auf seine Haut erhöhe, knurrt er meinen Namen.

105

Manchmal sehe ich ihn an und habe das Gefühl, einen Fremden vor mir zu haben. Aber in diesem Augenblick mit ihm in diesem Bett ist es anders. Er berührt mich sanfter, als es in seiner Situation normal wäre. Seine Küsse sind nicht voller Hass, nicht so wie seine Worte.

Kalebs Taten widersprechen dem, was er sagt, und als er sich Sekunden später raunend in mich schiebt, blende ich alles aus. Jeden Tag, der ohne ihn vergangen ist. Jede Anschuldigung aus seinen schönen Lippen, die ich verdient habe. Er füllt mich aus und ich spüre, dass er nicht nur an anderen Stellen seines Körpers zu einem Mann geworden ist. Es schmerzt fast, so gut fühlt sich seine Größe in mir an.

»Ist es das, was du wolltest?« Seine Frage lässt mich wieder ins Hier und Jetzt gleiten. Zurück in diese Klinik, in der ich nicht hingehöre, weil ich alles andere als ein Problem mit Drogen habe. Momentan ist es mir egal. Ich würde auch weitere Monate hier überstehen, solange er sich mir nur öffnet und ich so die Chance habe, alles wiedergutzumachen. Schadensbegrenzung. Das ist mein Stichwort.

»Ich wollte nie etwas anderes«, gestehe ich ihm und kann kaum meine Augen offen halten, weil es sich so gut anfühlt, von ihm innerlich massiert zu werden. Seine Härte gleitet erst sanft in mich, und je länger wir uns ansehen, desto schneller wird er. Sein Rücken muss schon Spuren von meinen Nägeln auf sich tragen, als er sich nach unten beugt, seine Lippen an mein Ohr legt und meine Hände über meinem Kopf in die Matratze presst. Ich kann mich nicht mehr rühren. Und will es auch nicht. Ich will genau so sein, wie er mich in dieser Sekunde braucht. So wie ich ihn in einer der schwierigsten meiner Zeiten gebraucht hätte.

»Ich würde dir gern glauben«, raunt er und sein warmer Atem schickt mich weiter Richtung Himmel. Ich schiebe meine Beine neben seine Hüften und klammere mich an ihm fest aus Angst, dass er mich loslässt. Als Kaleb der Länge nach aus mir herausgleitet und anschließend noch einmal in mich stößt, kann ich es nicht länger zurückhalten. Wimmernd komme ich mit ihm in mir, während er sich zwei Stöße später ebenfalls ins Kondom ergießt. Schweiß steht an jeder Stelle meines Körpers und unsere Atmung ist schnell und rau. Seine Haut klebt an meiner und mein Herz klammert sich an seines.

»Aber?«, hake ich benebelt vom Orgasmus nach. »Deine Worte klingen nach einem Aber. Was ist es?« Meine Finger gleiten über seine Schultern hin zu seiner Brust. Kalebs Atem stockt, bevor er mich ansieht. Von der Sanftheit, mit der er mich eben noch berührt hat, fehlt jede Spur.

»Aber ich war lange genug in der Hölle, um zu wissen, dass man dem Teufel niemals glauben sollte.« Mit diesen Worten zieht er sich aus mir zurück, wirft das benutzte Kondom zur Seite und streift sich seine

Klamotten über. Auch wenn mich seine Wortwahl verletzt, lasse ich es unkommentiert. Zumindest, bis er meine Sachen vom Boden aufhebt, sie mir gegen die nackte Brust drückt und mit dem Kopf fahrig zur Tür deutet.

»Und jetzt geh.« Mein Herz krampft sich zusammen und kurz glaube ich, dass er mich nur verarscht, aber sein Blick ist eiskalt. War er eben noch zärtlich zu mir, ist er jetzt härter als je zuvor. Er meint es wirklich ernst.

»Was?« *Bloß nicht heulen, Sky* ... Das ist es, was er will und was ich auf keinen Fall tun darf. Ich muss stark sein, auch wenn gerade alles in sich zusammenfällt. Kaleb zieht die Schublade seines Nachttisches auf, holt eine Zigarette aus der Schachtel und zündet sie sich an. Danach beugt er sich über mich und schwebt mit seinen Lippen über meinen. Trotz der Kippe riecht er viel zu gut. Viel zu sehr nach Vergangenheit. Ich war immer diejenige, die nach dem Motto »Hier und Jetzt« gelebt hat, aber in den letzten Jahren war es die Vergangenheit, die mich hat weitermachen lassen.

»Ich habe dir gesagt, dass ich dir dein Leben zur Hölle machen werde. Also verschwinde.« Kraftvoll schiebe ich ihn von mir herunter, steige zitternd in meinen Slip und die Jeans. Anschließend schiebe ich mein Top zurück an Ort und Stelle und springe auf. *Nur nicht heulen, Sky ... er spielt mit dir.* Und vermutlich habe ich genau das verdient.

Ohne noch etwas zu erwidern, stürme ich nach draußen und schließe die Tür leise hinter mir, auch wenn ich sie gern aus den Angeln reißen würde. Kaleb hat mich nie benutzt. *Ich ihn schon … ich habe das hier verdient.*

Mit einem Schluchzen in der Kehle sinke ich zu Boden und höre Sekunden später lauten Krach aus seinem Zimmer. So, als würde Glas an einer Wand zerbrechen und sich scheppernd am Boden verteilen. Mit zitternden Fingern hole ich mein Handy heraus und wähle Annas Nummer. Es dauert nur einige Sekunden, bis sie abnimmt und sofort bemerkt, dass etwas nicht stimmt.

»Hey, Sky. Weinst du etwa?« Ihr konnte ich nie etwas vormachen. Ich presse meine Faust gegen den Mund, damit Kaleb nichts von meinem Schluchzen hört. Er soll nicht mitbekommen, was er aus mir gemacht hat.

»Ich … ich …« Mehr als ein Stottern kriege ich kaum zustande. »Ich hätte ihn nie anlügen dürfen, oder?« Eine Pause. »Kaleb, meine ich. Ich hätte ihm von Anfang an die Wahrheit sagen müssen.« Anna scheint selbst auf diese Entfernung meine Gedanken lesen zu können.

»Ja, Bubbles. Aber es ist noch nicht zu spät.« Ich würde ihr gern glauben, würde ihr gern vertrauen. Aber sie hat nicht gesehen, wie viel Kälte in seinem Blick lag, nachdem er mit mir geschlafen hat. Sie hat nicht gesehen, was ich gesehen habe ... Und dieses Bild werde ich niemals vergessen.

KALEB

Vergangenheit

»Was hast du vor?« Nachdem ich Sky versprochen hatte, eine Lösung zu finden, sind wir die halbe Nacht von einem Club in den nächsten gezogen. Ihr Kichern verrät mir, dass die vielen Mojitos ihre Spuren hinterlassen haben, sie kann kaum geradeaus laufen, ohne dabei zu stolpern. Ein Wunder, dass sie noch nicht in einen der vielen Büsche auf dem Heimweg gekotzt hat, wenigstens ist ihr nicht schlecht. Ich stütze sie, weil ich noch ziemlich klar im Kopf bin.

Meine Idee ist völlig verrückt, das weiß ich. Aber sie ist auch die einzige, die mir im Moment einfällt und die Skys Schwester aus der Scheiße helfen könnte. Prinzipiell kenne ich Anna gar nicht und ich habe keinerlei Verbindung zu ihr, aber Skys Tränen haben mich einfach im Griff. Sie könnte weinend vor mir stehen und mich darum bitten, mir selbst ein Messer in den Bauch zu rammen. Vermutlich würde ich sie auch noch die Größe der Klinge aussuchen lassen. Oder ihr dieses verdammte Ding einfach selbst in die Hand drücken … Außerdem hat Sky mir in den letzten zwei Stunden so viele Geschichten über ihre Schwester erzählt, dass es sich anfühlt, als würde ich sie kennen.

»Wir besorgen uns das Geld«, antworte ich, als wäre es keine große Sache. Es ist weit nach drei Uhr in der Nacht und ich atme erleichtert aus, als ich sehe, dass Phoes Auto nicht in der Einfahrt steht.

Jackpot.

Er ist nicht da. Und das erste Mal glaube ich daran, dass es so etwas wie Schicksal gibt. Vielleicht hat Mom wieder einen ihrer Abstürze oder Phoe ist einfach nur bei der *Arbeit* und deshalb nicht da. Auf jeden Fall stehen die Zeichen für mich gut und das ist alles, was gerade zählt.

»Aber wie denn? Du wirst kaum so viel Geld zu Hause rumliegen haben«, wispert Sky, wird aber mit jedem Wort zunehmend lauter.

Ich lege meinen Finger vor die Lippen, ziehe sie zur Tür, pfriemle meinen Schlüssel hervor und schiebe ihn leise ins Schloss. Ich kann nur hoffen, dass niemand wach wird und auf die Idee kommt, dumme Fragen zu stellen. Zu fragen, was ich mitten in der Nacht mit einem Mädchen hier mache, wenn ich sonst nie jemanden mit nach Hause bringe.

»Ich habe nicht genug Geld.« Genau genommen bin ich blanker als je zuvor, weil die Drinks alle auf meine Kappe gingen. Aber ich wollte Sky helfen, diese Scheißnacht zu überstehen, also habe ich zugelassen, dass sie es auf den Partys übertreibt.

Der Weg hierhin hat sie zumindest einigermaßen nüchtern gemacht und ich bin dankbar, dass sie nicht grölend durch den Vorgarten rennt und alle weckt. Ich schließe die Tür hinter uns und spähe ins Wohnzimmer. Manchmal hockt einer meiner Geschwister auf dem Sofa, aber hier ist es totenstill. Skylar löst ihre Hand aus meiner und sieht sich drehend im Raum um. Überall liegen Summers Spielsachen und dreckige Klamotten, weil Kade nicht mit der Wäsche hinterherkommt. Der Abwasch, für den ich eigentlich zuständig bin, stapelt sich ebenfalls in der Spüle und irgendwie schäme ich mich dafür.

»Das ist also dein Zuhause?«

Magensäure steigt in mir auf.

Ich würde dem Mädchen vor mir lieber etwas anderes zeigen. Irgendeine Bude, in der es nicht so muffig riecht und in der man nicht das Gefühl hat, auf einer Müllhalde zu hocken. Aber man kann sich schließlich nicht aussuchen, woher man kommt. Man kann sich nur aussuchen, wohin man geht.

Und ich will weit weg.

Mit ihr.

Sie weiß es nur noch nicht.

»Das ist es.«

Sie fährt im Mondlicht mit den Fingern über den Stoff des alten Sofas, das eigentlich nur noch für einen Schrottplatz gut ist, und grinst breit. Sie sieht glücklich aus, was in Anbetracht der Situation, in der sie steckt, fehl am Platz wirkt.

»Schade, dass du mich nur mitten in der Nacht herholst. Ich hätte gern den Rest des Nolan-Klans kennengelernt.« Fuck. Sie sollte alles, nur nicht solche Dinge sagen. Sky ist kein Mädchen für eine Familie wie meine. So wie ich niemand bin, den ihre Eltern akzeptieren würden. Sie kommt aus einem guten Elternhaus, hat beste Noten in der Schule und beginnt meinetwegen, ihr Leben wegzuwerfen. Ihr Vater würde mich vermutlich mit einer Schrotflinte vom Hof jagen, wenn ich sie zu einem Date abholen würde.

»Komm jetzt, wir haben nicht viel Zeit«, hetze ich sie und drehe mich bei jedem Geräusch paranoid um. Was, wenn Phoe gleich zurück ist? Er würde mich hier drin einsperren, wenn er mich dabei erwischt.

Skylar grinst, scannt noch einmal den dunklen Raum und folgt mir anschließend, vorbei an Moms Schlafzimmer, vorbei an dem Raum, den ich mir mit Summer teile und hin zu dem Zimmer meines Bruders am Ende des Flures.

»Willst du mich jetzt verführen?«, kichert sie und ich merke, dass sie doch noch betrunkener ist, als ich dachte. Ihre Stimme ist selbst lallend viel zu schön.

Leise öffne ich Phoes Zimmertür und schiebe sie bestimmend herein. Dann schließe ich hinter uns zu und atme erleichtert aus, weil wir hier drin wenigstens lauter reden können. Immerhin hört man nicht mal, wenn Phoe hier drin Sex hat und das kommt öfter vor, als mir recht ist. Phoenix hat alles. Er verdient massenweise Kohle und wird von jedem Kerl da draußen respektiert und jeder Frau angehimmelt.

»Ist das deins?« Sie sieht sich um, und als ich das Licht anknipse, schlendert sie durch den Raum wie durch ein Museum. Eines muss man meinem Bruder lassen: Er hat echt einen Hang zur Ordnung. Die wenigen Bücher in seinem Regal sind penibel sortiert, und nirgendwo liegen dreckige Socken rum wie bei mir. Ich bin mir sogar sicher, dass er hier ab und zu Staub wischt. Diese wenigen Quadratmeter sind eindeutig die saubersten im ganzen Haus.

»Nein, es gehört Phoenix.« Seinen Namen auszusprechen, fällt mir in Skys Gegenwart jedes Mal schwer. Sie weiß nicht viel über meine Beziehung zu ihm, aber sie ist im Bilde darüber, dass wir im Moment Probleme miteinander haben. Und die werden definitiv nicht kleiner, wenn ich hier bin und meinen Plan echt durchziehen sollte.

»Ich verstehe nicht genau, was das hier wird, K. Was machen wir denn hier? Wir hätten auch noch auf der Party bleiben können, wir hatten doch gerade so viel Spaß!« Sie hat einen undefinierbaren Blick aufgelegt, während ich den grässlichen Teppich in der Mitte des Raumes zur Seite schiebe und mich hinknie. Meine Finger fahren an die knarzende Stelle, die ich erst vor Kurzem entdeckt habe, und mit einem Ruck habe ich die Diele aus dem Boden entfernt. Ich schiebe sie zur Seite und winke Sky zu mir. Sofort fällt sie auf ihre Knie und starrt mit offenem Mund in das Loch vor uns.

»K?« Ihre Atmung flacht ab, als sie hineingreift und das erste Tütchen herauszieht. In ihm befinden sich so viele bunte Pillen, dass ich keinen Bock hätte, sie zu zählen. Ihre Finger fahren über die runden Teile, während ich die zwei anderen Tüten herausehole. In ihnen befindet sich vermutlich Kokain. Oder Speed. Ich habe keine Ahnung von dem Scheißzeug, aber es sollte nicht so schwer sein, das herauszufinden. In meinem Freundeskreis gibt es einige Junkies, die sich damit sicher bestens auskennen und mir für ein bisschen Stoff helfen.

»Weißt du, was das Zeug hier wert ist?« Sky ist gefasster als gedacht, während sie auf ihre Fersen gleitet und mich ansieht. Immer noch vermute ich in jedem Windzug, der durch das Haus peitscht, Phoenix, der uns hierbei erwischt. Erwischt, wie ich seinen Stoff klaue, um ihn für Sky zu verticken.

Ich werde zu dem, was ich nie wollte und was ich immer verabscheut habe. Einem Dealer. Aber im Gegensatz zu meinem Bruder mache ich es nur, um meiner Freundin zu helfen, nicht, um die Leere in mir zu füllen. Phoenix betäubt mit dem Dealen seine Schuldgefühle wegen des Todes unseres Bruders, ich will nur Skys Tränen trocknen. Die Art und Weise ist schäbig, aber die einzige, die mir einfällt. *Niemand hat gesagt, dass Liebe rational ist.*

»Hoffentlich genug, um Annas Schulden zu begleichen.« Meine Antwort lässt sie schlucken. Im nächsten Moment krallt sie ihre Nägel in meinen Nacken und schluchzt heftig auf. Dabei wollte ich doch genau das Gegenteil erreichen …

»Kaleb …« Ihr nasses Gesicht drückt sich an meines. »Das würdest du für mich tun?« Ihre Stimme zittert, während mich eine Wärme durchzieht, die ich kaum definieren kann. Keine Ahnung, wie es sich anfühlt, verliebt zu sein, aber in ihrer Nähe verwandelt sich jedes Scheißgefühl in ein gutes. In ihrer Nähe hört selbst die Leere in mir auf.

»Ich meine … er ist dein Bruder.«

»Und er weiß genau, was ich von seinem Job halte. Er wird mich vielleicht hassen, aber es ist mir wichtiger, dass es dir gut geht.« So ehrlich habe ich selten mit jemandem geredet, und als Antwort lässt Sky die Tüte mit den Pillen fallen, krabbelt auf meinen Schoß und nimmt mein Gesicht in ihre Hände. Sekunden später küsst sie mich hungriger als je zuvor.

Ihr Atem schmeckt durch die Drinks nach Minze und braunem Zucker, ihre Zunge ist süßer und stürmischer denn je. Nach einer Ewigkeit löst sie sich von mir, dabei würde ich gern eine Ewigkeit mit ihr hier verbringen. »Ich wünschte, du wüsstest, wie sich dieses High anfühlt, Kaleb.« Sie streichelt über meine Wange. Unsere Haare sind vom Regen draußen nass, unsere Klamotten ebenfalls. Und trotzdem ist uns beiden heiß hier drin, obwohl die Heizung mal wieder nicht funktioniert.

»Du hast noch nie Drogen genommen, aber glaub mir, das mit uns fühlt sich für mich genauso an.« Sie schmiegt sich an mich und ich halte sie, als wäre sie das Einzige, was von Bedeutung ist. Sie *ist* das Einzige.

»Wenn ich dieses Zeug je anrühren sollte, dann mit dir.« Bis jetzt kam ich noch nicht einmal auf die Idee, zu kiffen. Aber Sky ändert alles. Mit ihr will ich jedes Down und jedes High. Mit ihr will ich die Tränen und das Lachen.

Sie überlegt kurz, zieht anschließend wieder eine der Tüten zu sich und holt ein paar Pillen heraus. Anschließend steckt sie sich die runden Teile in die Tasche ihrer Jeans. Zwei Pillen hält sie noch in der Hand. Beide legt sie sich wie in Zeitlupe auf die Zunge, und als sie mich schließlich küsst, schiebt sie eine davon in meinen Mund. Erst zögere ich, doch als ich ihr Lächeln im Kuss schmecken kann, schlucke ich das Teil herunter. *Was zur Hölle tue ich hier?*

Wir lösen uns keuchend voneinander, und als sie mich breit angrinst, weiß ich plötzlich, was ich will. Vor meinem inneren Auge formen sich Bilder zu einem

Film. Ein Film, der vielleicht naiv und riskant ist, aber das ist mir egal. Ich packe die Haare in ihrem Nacken und sehe sie an. Diese schönen grünen Augen, die mich seit der ersten Sekunde im Bann hatten. Als ich sie gedankenversunken am Pool sitzen sah. Ich bin froh, dass die Pille Zeit braucht, um zu wirken. Das hier … das hier will ich clean erleben.

»Würdest du etwas für mich tun, Sky?«

Bei ihrem Namen bricht meine Stimme ab.

»Alles.« Ihre Antwort kommt wie eine Kugel aus einer Knarre. Laut. Schnell. Und trifft mich mit voller Wucht. Was mir beweist, wie rasch sie mich töten könnte, wenn die falschen Worte aus ihrem Mund kommen. »Verschwinde mit mir«, flüstere ich gegen ihre erhitzte Wange. Erst runzelt sie ihre Stirn, dann öffnet sie ihre Lippen, sagt aber nichts.

»Ich meine es ernst. Hau mit mir ab.« Der Film wird immer greifbarer, immer lebendiger. Und zur selben Zeit steigt mein Puls an. Ihr warmer Körper in den nassen Klamotten auf mir … auf dem Boden dieses Zimmers, in dem so viel Kohle unter den Dielen lauert, dass wir davon erst mal gut leben könnten. Mehr als Sky und ein Bett brauche ich nicht. Sky, ein Bett und ihre Küsse.

»Aber wir sind doch noch so jung.« Ihr Protest ist schwach, deutlich schwächer als mein Wille.

»Na und? Wenn wir das ganze Zeug hier verticken, haben wir erst mal genug. Genug, um deiner Schwester zu helfen und dann abzuhauen. Ich will nicht länger in den Ketten dieser Familie leben.« In den Ketten meines Bruders, der sich als Heiligen deklariert, obwohl ich gerade neben seinen kriminellen Geschäften hocke. Neben dem Zeug, das er unter die Leute mischt und mit dem er mehrere von ihnen an den Abgrund schickt.

»Ich will frei sein. Und zwar mit dir.« *Mit wem, wenn nicht mit dir, verdammt?* Einen Moment zögert sie noch, und als schwere Schritte im Flur ertönen, weicht uns die Farbe aus den Gesichtern. Sky schiebt zwei der Tüten zurück in das Loch, drückt die Diele zurück an Ort und Stelle und platziert den Teppich über ihr. Ich hechte zur Tür, schalte das Licht aus und ziehe Sky an mich. Dann schiebe ich uns gemeinsam in die Ecke zwischen Schreibtisch und Regal, die im Dunkeln liegt. *Bitte, lass es nicht Phoe sein … Wenn er mich erwischt, ist das mein Todesurteil.*

»Mom, jetzt komm schon!« Er ist es. Seine dunkle Stimme durchzieht mich wie ein Stich. Meine Mutter murmelt etwas – vermutlich besoffen. Als ich höre, wie sie die Schlafzimmertür meiner Mom öffnet, ergreife ich die Chance, ziehe Sky zur Tür und schleiche mich auf den Flur. Vermutlich hat Phoe wieder einen Anruf aus dem Club bekommen, dass er sie abholen soll, weil sie völlig hinüber ist und ihre Kunden vergrault. *Innerlich hatte ich gehofft, dass er bloß verticken ist.*

Meine Hand presst sich auf Skys Mund, damit sie keinen Ton von sich gibt, und dann rennen wir fast nach draußen. Sobald wir die Haustür hinter uns gelassen haben und im Regen stehen, fällt all die Anspannung von uns ab. Skys Lachen killt mich, während uns der Regen in Sekundenschnelle komplett durchnässt.

Meine Hand liegt in ihrer, und dann ziehe ich sie schwungvoll an mich heran. In der anderen halte ich die Pillen, mit der ich uns aus diesem Sumpf holen werde. Kaum zu glauben, dass ich das hier wirklich durchziehe. Und dass ich vor wenigen Minuten selbst eine davon geschluckt habe, obwohl ich sonst jeden verabscheue, der so etwas macht.

»Das war aufregend!«, quiekt sie und ich würde sie am liebsten ununterbrochen küssen. Aber mein Kopf ist nur voll von meinem Film. Ihr streiche ihr eine nasse Strähne hinter das Ohr.

»Wie ist deine Antwort?« Sie konnte mir noch keine geben und ich bin wirklich nicht der geduldigste Mensch. Sky schiebt ihr Becken enger an mich, stellt sich auf die Zehenspitzen und küsst mich. Voller Feuer. Voller Leidenschaft. Voller Versprechen, an die ich mich ab jetzt klammere.

»Ich gehe überall mit dir hin, Kaleb Nolan.« Sie lehnt ihre Stirn gegen mich und ich fühle es. Bunt und schillernd. Einnehmend und gefährlich.

Das erste High meines Lebens.

SKYLAR

Gegenwart

Immer wieder muss ich an diese Nacht zurückdenken. An das Vertrauen, das Kaleb mir in diesem Augenblick geschenkt hat und an die Vorfreude über unseren Entschluss, gemeinsam zu verschwinden. Wo wären wir heute, wenn wir all diese Dinge durchgezogen hätten? Sicher nicht hier. Ich würde nicht weinend im Bett meines Zimmers liegen, nachdem Kaleb mich benutzt hat, und er würde nicht wahllos Gegenstände in seinem zerschmettern. Vielleicht wären wir immer noch so glücklich wie in dieser verregneten Nacht.

Ich rolle mich zur Seite und starre aus dem Fenster. Bei ihm brennt Licht und ich wünschte, er hätte mich nicht weggeschickt, nachdem wir diese Intimität miteinander geteilt haben. Aber wenn ich eines in den letzten Tagen lernen musste, dann das: Kaleb Nolan ist nicht mehr derselbe wie damals. Er ist unberechenbar geworden und dazu trage ich wohl den größten Teil bei. Anna hatte sofort ihre Sachen geschnappt und wollte herkommen, aber ich konnte sie in letzter Sekunde davon abhalten, sich einen Last-Minute-Flug zu buchen.

Heute könnte selbst sie mir nicht helfen. Meine Augen brennen, und als die Stimmen in meinem Kopf gerade leiser werden, wird lautstark meine Tür aufgerissen. Prompt sitze ich im Bett, und als mir Kaleb gegenübersteht – mit geballten Fäusten und blutigen Fingerknöcheln –, sticht es erneut in meiner Brust. Weil ich nicht weiß, was ich sagen soll, starre ich nur seine Hände an. Er hat sich wehgetan, nachdem er mir wehgetan hat … Er bestraft sich selbst.

»Wieso?« Härte trieft aus seiner Stimme, die ich nachvollziehen kann. Und dass er jetzt hier ist, anstatt weiter mit mir zu spielen, zeigt mir, dass ein Teil von ihm noch derselbe ist. Er konnte mich noch nie weinen sehen. Mit dem Unterschied, dass er damals nie der Auslöser für meinen Kummer war, heute schon. Heute Abend hat er mir stärker wehgetan, als ich es je für möglich gehalten hätte.

»Wieso was?«, frage ich und weiß, dass ich mit meiner gespielten Ahnungslosigkeit alles nur noch schlimmer mache. Aber der Stolz in mir hat noch nicht ganz aufgegeben, auch nicht, als ich mich gerade wie eine Ertrinkende an ihn gekrallt habe. Kaleb schließt die Tür hinter sich und tritt auf mich zu. In dieser Sekunde weiß ich nicht, was er vorhat. Wozu er in der Lage ist. Und ob er mich wieder nur verletzen will, indem er mir vorspielt, sich mir zu öffnen, um mich dann gegen die Wand rennen zu lassen.

»Ich habe auf dich gewartet.« Sein Atem rasselt. »Ich habe dir vertraut. Ich wollte mit dir abhauen, Sky.« Flatternd schließe ich die Augen, um die Tränen irgendwie zu verbergen. Normalerweise bin ich kein Mensch, der seine Gefühle versteckt, aber in seiner Nähe bin ich deutlich angreifbarer. Er könnte mich mit wenigen Worten und Handlungen einfach zerstören. Wenn ich eine Seifenblase wäre, hätte ich in seiner Gegenwart keine lange Lebensdauer.

»Ich wollte nichts lieber, als mit dir zu verschwinden, Kaleb. Das musst du mir glauben. Aber … ich konnte nicht. Die Sache mit Miles und meiner Schwester wurde immer schlimmer.« Als ich die Worte ausspreche, verabscheue ich mich selbst. Verabscheue, wozu ich geworden bin.

»Gib dir keine Mühe, ich erkenne mittlerweile, wenn jemand lügt. Das hast du mich gelehrt.« Er steht noch immer unter Strom, während ich am liebsten die letzten Meter zwischen uns überwinden würde. Egal, wie schlecht er mich behandelt hat, die Sky von damals will das hier. Vielleicht will sie sich das Herz brechen lassen … *Wenn, dann von dir.* »Ich wäre wirklich überall mit dir hin«, flüstere ich mit belegter Stimme. So oft habe ich mir ausgemalt, wo wir heute wären. Und genauso oft

124

musste ich mir eingestehen, dass wir unseren Traum niemals werden leben können. Zumindest nicht gemeinsam. Kalebs Miene weicht einen Lichtblick lang auf, doch als er schließlich vor mir auf die Knie fällt, ist der Lichtblick vorbei. In seinen Augen liegen so viele Emotionen und alle sind düster. Viel zu düster. Kaleb legt seine Hände auf meine nackten Knie und schiebt sie auseinander.

Er will mich wieder benutzen.

Wieso lasse ich trotzdem zu, dass er sich zwischen sie schiebt? Ich könnte ihm genauso gut eine Knarre in die Hand legen und seine Finger auf dem Abzug positionieren.

»Nur, weil du meine Erste warst, denkst du, dass du mich in der Hand hast.« Wäre die Kälte in seinen Augen nicht so unendlich greifbar, würde ich glauben, ein Schluchzen in seiner Stimme zu hören. Ich schüttle den Kopf und spüre stechende Schmerzen in meinen Schläfen. Die letzten Tage haben mir körperlich so viel abverlangt, dass ich einfach erschöpft bin.

»So ist es nicht und so war es nie.«

Kaleb lässt den Kopf hängen, und dann treffen seine Lippen meinen linken Innenschenkel. Sein warmer Atem streift meine Haut und ich merke, wie mein Puls ansteigt, als er mit seinem Mund auf und ab fährt.

»Nicht? Hast du mich nicht nur gefickt, um an die Drogen meines Bruders zu kommen?« Die Absurdität seiner Frage lasse ich unkommentiert, egal, wie weh es mir tut, dass er so über mich denkt. Seine Fingerspitzen wandern hinauf, zum Bund meiner Jeans und spielen mit dem Stoff, während er den anderen Schenkel küsst. Dass seine Hände voller Blut sind und er es auf meinen Klamotten und meiner Haut verteilt, interessiert mich nicht.

»Hast du mich nicht nur gefickt, um so an das Geld zu kommen, das du brauchtest? Um dann abzuhauen, als du es hattest?« Alles um mich herum dreht sich bei seinen Anschuldigungen, und bevor er mir weiter wehtun kann, schiebe ich ihn von mir weg. Seine Augen sehen direkt in meine.

»Ich habe dich gefickt«, spucke ich aus, »weil ich dich geliebt habe. Weil das mit uns etwas Besonderes für mich war. Weil ich alles für dich getan hätte, so wie du für mich.« Ich war nicht nur seine Erste, er war auch mein Erster. Und früher habe ich mir immer gewünscht, dass er auch mein Letzter sein würde. Die Vorstellung, mein Leben lang nur mit einem Menschen zusammen zu sein, war meine Definition von Glück. Bis das Leben kam und alles ruiniert hat. Jetzt weiß ich, dass Glück nicht einfach so auf einen zukommt, sondern dass man dafür kämpfen muss.

»Kaleb …« Ich nehme sein Gesicht in meine Hände und sein Widerstand scheint gebrochen. Seine Augen stehen unter Wasser und ich streiche über seine Wange. »Du und dein Geld haben mir geholfen. Du hast auf so viele Weisen mein Leben gerettet, dass ich aufgehört habe, sie zu zählen.« Wie auf Knopfdruck verdunkelt sich seine Miene und der Moment ist wieder vorbei. »Und du hast meins ruiniert.« Er steht auf und geht zur Tür, will mich einfach so hier sitzen lassen. Wieder einmal. »Warte, Kaleb.«

»Nein!«, brüllt er mich an. Seine Fäuste zittern, so wie meine Knie. Ich sehe sein Blut an mir und wünschte, all das wäre niemals passiert. Wünschte, wir hätten uns unter anderen Umständen wiedergetroffen. Nicht hier in dieser Klinik, in der uns jeder mit unseren Dämonen konfrontieren will, während der größte von ihnen nur wenige Plätze neben einem sitzt. Vier läppische Plätze.

»Entweder du sagst mir die Wahrheit oder dieser Terror wird weitergehen.« Wie ernst er es meint, ist mir klar. Ich schlucke und will etwas sagen, kriege aber keinen Ton heraus. *Sag doch etwas, Sky!* Aber ich bleibe einfach stumm auf meinem Bett sitzen und lasse zu, dass er geht. Als die Tür ins Schloss fällt, bin ich mir sicher, meine letzte Chance verspielt zu haben.

127

KALEB

Vergangenheit

»Und?« Sky rollt sich auf den Rücken. Der Rasen ist komplett nass und wir sind es auch. »Wie war dein erster Trip?« Sie spielt mit ihren nassen Haarsträhnen, während ich mich auf die Seite lege und sie beobachte. Fuck, egal wie high ich gerade war, ihr Anblick treibt mich viel höher, als jede Substanz es je könnte.

»Interessant«, antworte ich knapp. Nachdem wir Phoes Pillen geklaut haben, sind wir wieder durch die Clubs gezogen und haben das erste Zeug vertickt. Unter dem Einfluss dieses kleinen, rosafarbenen Teilchens war alles intensiver. Der Regen auf meiner Haut fühlte sich nasser an. Die Musik in meinen Ohren lauter. Jede ihrer Berührungen war wie ein Feuerwerk.

»Ich wusste, dass es dir gefallen würde.« Sky dreht sich ebenfalls in meine Richtung, sodass wir Angesicht zu Angesicht auf dieser Wiese im Park liegen. Keine

Ahnung, wo genau wir sind und wie spät es ist. Als ich in ihre erweiterten Pupillen sehe, frage ich mich, wie oft sie das hier macht. Wie oft sie sich diese Highs gönnt und wie tief sie da drinsteckt. Sie legt ihre Hand an meine Wange und selbst ihre Berührungen fühlen sich viel intensiver an. Ich schließe die Augen, blende die Gedanken daran aus.

Die letzten Monate waren die Hölle. Nach Jamies Tod ist unsere gesamte Familie zerbrochen, so, als wäre er unser Kleber gewesen, der uns dann genommen wurde. Jetzt sind wir Scherben, die mal zusammengehört haben, aber nicht mehr halten. Seit Sky in meinem Leben ist, ist alles so viel leichter zu ertragen. Moms Abstürze, Sums Albträume, Phoes Ausraster.

»Wohin gehen wir als Erstes?«, frage ich sie mit geschlossenen Augen. In der Dunkelheit stelle ich mir vor, wie wir abhauen. Unsere Sachen packen und einfach verschwinden. Raus aus dieser Stadt, die so viele negative Erinnerungen in mir weckt. An jeder Ecke sehe ich Jamie, der jetzt nicht mehr da ist.

»Ich würde gern ans Meer. Irgendwo an die Küste«, murmelt sie und ich öffne ein Auge, um zu ihr zu schielen. Ihre Haut ist feucht vom Regen und dank der Straßenlaternen kann ich noch vereinzelte Tropfen auf ihrem Dekolleté sehen. Sie ist das Schönste, was ich je erblickt habe. Die Pillen sorgen dafür, dass ich die Schönheit noch viel deutlicher wahrnehmen kann.

Nicht nur in ihr, sondern in allem. In den raschelnden Bäumen über uns, in der Morgendämmerung, die langsam einsetzt. Selbst in den vorbeifahrenden Autos. »Dann fahren wir ans Meer.« Sie grinst breit, so wie ich. Langsam greift ihre Hand nach meiner und ich rutsche dichter an sie heran. Will sie näher an mir spüren.

»Wann verschwinden wir denn?« Aufgeregt klimpert sie mit den Wimpern. Ich stütze mich auf dem Ellbogen ab und fahre mit den Fingern über ihr Schlüsselbein. Sofort bekommt sie eine Gänsehaut.

»Morgen Abend.« Der Plan hat sich in den letzten Stunden voll ausgebreitet. »Morgen Abend um zwanzig Uhr treffen wir uns genau hier.« Hier, an dem Ort, den ich ab heute immer mit ihr verbinden werde. Sky nickt entschlossen. »Morgen um zwanzig Uhr. Ich werde da sein.«

SKYLAR

Gegenwart

Ein lautes Hämmern reißt mich aus meinem Schlaf. Ich weiß nicht, wie spät es ist und wie lange es gedauert hat, bis ich letztendlich eingeschlafen bin, aber ich fühle mich geräderter als vorher. Meine Glieder schmerzen und mein Kopf fühlt sich immer noch an, als würde jemand von innen gegen meine Schläfen hämmern. In langsamen, monotonen Bewegungen, die mir eindeutig meine letzte Klarheit nehmen wollen.

»Was ist da los?«, ruft jemand im Flur, vermutlich eine Schwester. Immer mehr Türen werden geöffnet, weil um diese Uhrzeit sonst Stille herrscht. Ich schiebe meine vollgeweinten Taschentücher weg, rolle mich zur Seite und stehe auf. Meine Beine fühlen sich an wie Wackelpudding, als ich die Tür öffne und nach draußen spähe. Maggy, meine Zimmernachbarin und Teilnehmerin der Gruppensitzungen, reibt sich verschlafen die Augen. Ihre Palme hängt schief auf ihrem Kopf.

»Weißt du, was los ist?«, frage ich sie und sehe, wie zwei Schwestern über den Flur laufen. Ihre Crocks geben dabei schmatzende Geräusche von sich.

»Nope.« Ich höre die anderen auf dem Flur tuscheln, es ist, als hätten sich alle versammelt, um ein wichtiges Footballspiel im TV zu gucken. Nur, dass gerade keines läuft und ich absolut keine Ahnung habe, was hier vor sich geht.

»Hab gehört, dass einer im Garten auf der Mauer stehen soll. Sturzbesoffen.« Auch wenn ich mir nicht sicher sein kann, dass Kaleb derjenige sein soll, schrillen bei mir die Alarmglocken auf. Barfuß renne ich über den Flur, den Schwestern hinterher. Sie laufen in den Garten, und als das kalte Gras meine Zehen berührt, fühle ich mich in diese eine Nacht zurückversetzt. Die Nacht, in der wir gemeinsam auf der Wiese lagen und high waren. Ich habe Kaleb zu dem gemacht, der er heute ist. Und das werde ich mir niemals verzeihen.

Mit schnellen Schritten bin ich den Schwestern auf den Fersen, und als wir an der Mauer ankommen, sehe ich seine Silhouette. Kaleb steht – bewaffnet mit einer Flasche – auf der Mauer und gönnt sich einen tiefen Schluck.

»Kaleb, komm da runter.« Eine der Schwestern versucht es auf der freundschaftlichen Ebene. Die andere klingt da schon deutlich härter.

»Mr. Nolan. Wenn Sie nicht sofort da runterkommen und uns sagen, woher Sie den Alkohol haben, rufen wir Ihre Familie an.« Wir wissen beide, dass es das Letzte ist, was er will. Dennoch antwortet er nicht, sondern tänzelt weiter über die schmale Mauer, als könnte ihm niemand etwas anhaben. Beinah, als würde er uns gar nicht wahrnehmen. Wie betrunken er ist, sieht man an seinem Gang. Er kann sich kaum gerade halten, ohne den gesamten Inhalt auszuschütten. Geschweige denn, herunterzufallen. Die Mauer ist nicht sonderlich hoch, aber wenn er falsch aufprallt, können auch zwei Meter tödlich sein.

Und wieder wäre ich schuld daran. Hätte ich heute nicht vor seiner Tür gestanden, wäre das hier sicher nicht passiert. Ich schiebe mich zwischen den Schwestern durch und ignoriere ihren Protest. Das hier ist meine Baustelle, also lasse ich mich nicht von ihnen abschieben.

»Kaleb … bitte.« Ich wimmere, obwohl ich viel lieber stark für ihn wäre. »Bitte komm da runter und lass uns reden.« Er sieht auf mich hinab, steht auf der Mauer genau über mir. Noch immer klebt das Blut an seinen Händen, was vorhin noch meine Beine bedeckt hat. Ich habe es abgewaschen, nachdem er mein Zimmer verlassen hat. Das Wasser hat sich rot gefärbt und ich habe geweint. Dieser Abend ist mit Abstand der schlimmste seit Langem. »Skylar«, lallt er meinen Namen. »Verfolgst du mich immer noch?« Er hebt die

133

Flasche in die Höhe und setzt erneut an. Keine Ahnung, was er da säuft, aber es ist sicher etwas Hochprozentiges. Das Seil um meine Kehle wird enger, als Kaleb fast das Gleichgewicht verliert. Panisch schließe ich die Augen für den Fall, dass er stürzt. Aber es passiert nichts.

»Komm runter zu mir.« *Ich will dich retten. Lass mich dich retten.* Zu meinem Glück scheint er mir wirklich zuzuhören. Im nächsten Moment setzt er sich an den Rand der Mauer und springt herunter. Bei der Landung kippt er fast zur Seite, aber ich kriege ihn gestützt. Er riecht nach Korn und Kippen.

»Hey, alles wird gut.« Hinter uns höre ich Stimmen von den Schaulustigen, und ich kann mir zu gut vorstellen, dass die Leute ein bisschen Action hier drin feiern und deshalb wie die Geier hinter uns stehen.

»Mr. Nolan.« Eine der Schwestern tritt auf ihn zu, was ihn heftig zurückweichen lässt. In seinem Blick liegt pure Angst. Angst wovor?

»Fasst mich nicht an«, schreit er wie aus heiterem Himmel. Dann donnert er erst die Flasche gegen die Mauer, anschließend seine Faust. Schmerzhaft verzieht er das Gesicht, so wie ich, weil es mir wehtut, ihn so zu sehen. Kaleb lehnt seine Stirn gegen die Mauer und murmelt etwas, das ich nicht verstehe. Als ich ihn berühre, stößt er mich heftig von sich und murmelt dann weiter gegen die Wand. Hilflos wende ich mich an die Schwestern. »Sie müssen seinen Bruder anrufen.«

Keine Ahnung, ob ich damit nicht nur alles schlimmer mache, aber im Moment fällt mir keine andere Lösung ein. Kaleb benimmt sich so seltsam, dass es mir Angst macht. Die Schwestern sehen erst sich, dann mich an. »Rufen Sie Phoenix Nolan an. Bitte.«

***

»Wo ist er?« Wenn ich dachte, dass Kalebs Stimme vorhin das Kälteste war, was ich je gehört habe, dann habe ich mich getäuscht. Die Stimme seines Bruders ist so viel kälter.

»Im Garten. Er muss irgendwo Alkohol herhaben. Können Sie sich erklären, woher?« Ich hefte mich an die Fersen der Schwester und Phoenix, während sie mit schnellen Schritten den Garten ansteuern. Noch hat er mich nicht entdeckt und ich bin mir auch nicht sicher, ob er sich an mich erinnern würde. Wir haben uns nur wenige Male gesehen, wenn er Kaleb von einer Party weggeschliffen hat und da hat er immer nur auf seinen Bruder geachtet, nie auf mich. Ein Teil in mir hätte ihn wirklich gern auf andere Art und Weise kennengelernt.

»Nein.« Er schüttelt den Kopf, seine breiten Schultern sind völlig angespannt. »Wissen Sie, was passiert ist? Ich meine, so einen Zusammenbruch hat er doch nicht aus heiterem Himmel. Als ich vorhin bei ihm war, hatte ich nicht das Gefühl, dass es schlimmer geworden ist.« *Ich bin passiert.* Das würde ich ihm am

135

liebsten beichten, aber ich halte mich zurück. Kaleb braucht Phoenix jetzt, er soll sich auf ihn konzentrieren und nicht auf mich. Nicht auf die Schuld, die ich trage, weil ich ihn einfach nicht in Ruhe lassen konnte. Und selbst nach diesem Abend werde ich ihn nicht in Ruhe lassen können, das weiß ich.

Mittlerweile haben sich die meisten wieder in ihre Betten gelegt, weil die Show zu langweilig geworden ist. Es ist eben nicht spannend genug, einem Junkie zuzusehen, wie er winselnd mit einer Wand redet. Viel lieber hätten einige gesehen, dass er besoffen von der Mauer fällt und sich ein Bein bricht. Verdorbene Welt.

»Kaleb!« Als Phoenix auf ihn zutritt, wird mir übel. Entweder, er rastet völlig aus, wenn er seinen großen Bruder sieht, oder er kommt zumindest ansatzweise zur Vernunft. Vermutlich hätte ich einen seiner anderen Brüder vorschlagen sollen, aber ich bin mir sicher, dass ohnehin Phoenix hier aufgetaucht wäre.

Er war es immer, der für Kaleb da war, auch wenn er es stets anders empfunden hat. Für Kaleb war immer alles schwarzweiß. Wenn Phoenix sich um ihn gesorgt hat, hat er es immer als Kontrollzwang angesehen. Auch an Abenden, an denen die Sonne schien, gab es für ihn nur Wolken. Ich halte Abstand, während er Kaleb bei den Schultern packt und zu sich umdreht. Seine Augen sind rot unterlaufen und seine Haut blass wie Schnee. Es sieht aus, als würde er jeden Moment kotzen. »Hey.« Phoe zieht ihn in eine Umarmung, und als Kaleb im nächsten Moment heftig zu schluchzen beginnt, bricht es mir das Herz. Während Kaleb sich in Phoenix' Pulli krallt, hält dieser ihn, als wäre das Verhältnis zwischen den beiden nie kaputt gewesen.

»Alles wird gut, hörst du?« Auch wenn ich seinem Bruder glauben will, kann ich es nicht. Er klingt nicht unbedingt überzeugt davon. Kaleb schüttelt den Kopf und vergräbt seinen Kopf an seiner Schulter, als würde er sich so von hier wegschleichen können.

»Es tut so weh«, wimmert er, und die Schwester hält sich die Hand vor den Mund, weil es auch ihr das Herz zerreißt, diese Szene zu beobachten. Niemand sollte mit solchen Dämonen zu kämpfen haben.

»So beschissen weh.«

»Ich weiß.« Phoenix krallt sich in den Stoff an Kalebs Rücken, und als sein Blick durch den Garten schweift und er mich dabei entdeckt, verhärten sich seine Gesichtszüge.

Er erkennt mich sofort wieder, da bin ich mir sicher. Und wenn Blicke töten könnten, wüsste ich genau, dass ich nicht mehr lange zu leben hätte. Ja, wenn Augen sprechen könnten, wüsste ich genau, was seine blauen mir sagen würden.

Du bist schuld daran, Skylar.

Nur.

Du.

137

***

Es ist mitten in der Nacht, als ich mich über den Flur zu seinem Zimmer schleiche. Nachdem Phoenix gemeinsam mit Kaleb und der Schwester reingegangen ist, um ihn ins Bett zu bringen, wurde ich ebenfalls weggeschickt. Das ist jetzt dreißig Minuten her. Minuten, in denen mich die Schuldgefühle beinahe umbringen. Phoenix kennt mich nicht, aber er weiß, dass ich es bin, die Kaleb dazu verleitet hat, seine Drogen zu stehlen, selbst zu nehmen und den Rest zu verticken.

Dass es Kalebs Idee war, spielt keine Rolle. Denn der entscheidende Teil ist ein anderer. Kaleb hat meinetwegen das erste Mal zu Drogen gegriffen und im Gegensatz zu mir gegen sie verloren. Ich war immer stark genug, aber er nicht. Von dem Chaos ist nichts mehr zu sehen oder zu hören, als ich leise zu seinem Zimmer tapse, die Tür öffne und hineinschlüpfe.

Da ich immer noch keine Schuhe trage, hört man keinen meiner Schritte. Es ist dunkel im Zimmer, aber durch die offenen Vorhänge fällt das Licht aus dem Garten hinein. Ich schleiche zu Kalebs Bett und setze mich an den Rand. Seine Matratze ist weicher als meine. Zumindest fühlt es sich so an. Vermutlich bilde ich es mir auch nur ein, weil ich so einen Grund hätte, öfter hier bei ihm zu sein.

Er hat einen Arm vor die Augen gelegt und sein Atem ist gleichmäßig. Sofort entspanne ich mich, weil es ihm einigermaßen gut gehen muss, wenn er so entspannt schlafen kann. Entweder das oder man hat ihm irgendetwas verabreicht, das ihn schlafen lässt. Insgeheim hoffe ich, dass er es auch ohne Medikamente schafft. Meine Hand wandert zu seiner, und als ich seinen Arm heruntergezogen habe, flattern seine Lider. Es dauert einen Moment, bis er mich sieht.

»Sky?« Es klingt, als hätte er seit Tagen kein Wasser gesehen, so kratzig ist seine Stimme. Ich nicke und frage mich im selben Moment, was ich hier eigentlich tue.

Die Schwestern würden dafür vermutlich meine Eltern anrufen und ihnen sagen, dass ich rebelliere. Und wenn meine Eltern wüssten, dass Kaleb hier ist, würden sie mich in eine andere Klinik stecken, bevor ich sie auch nur im Ansatz vom Gegenteil überzeugen kann.

»Ich bin es«, antworte ich und versuche, ihm meine Traurigkeit nicht zu zeigen. Er hat lange genug in Phoenix' Armen geweint. Wer weiß, vielleicht war es gar keine dumme Idee, ihn anzurufen.

Vielleicht hatte der Abend zumindest so etwas Gutes, weil es die Brüder wieder näher zusammengebracht hat. Mein Blick wandert zu Summers Teddybären auf dem Nachttisch und anschließend wieder zu Kaleb. »Du hast mir heute wahnsinnige Angst eingejagt. Ich dachte, du fällst da runter und stirbst«, gestehe ich ihm leise. Seine Augen sind immer noch auf mich gerichtet, von seiner vorherigen Wut fehlt jede Spur. Als hätte ihn der Alkohol vergessen lassen, dass er mich hasst. Kurz glaube ich, dass er gar nicht richtig wach ist, sondern nur schlafwandelt. Dass er eigentlich noch träumt und mich nur in seinen Träumen erträgt.

»Sky …« Wieder flüstert er meinen Namen, und als er mich zu sich zieht, bette ich meinen Kopf an seine Schulter. Seine Hand fährt durch mein Haar und ich fühle mich wie auf Wolke sieben. »Ich war in den letzten Jahren so oft dem Tod nah«, wispert er. Ein Kloß bildet sich in meinem Hals, den ich nicht herunterschlucken kann. Kaleb presst mich noch enger an sich, so wie er sich vorhin an seinen Bruder gedrückt hat.

»Weißt du, was ich als Letztes gesehen habe? Jedes Mal?«, fragt er mich leise. Mit stummen Tränen auf dem Gesicht nicke ich. »Sag es mir.«

Aber ich erhalte keine Antwort mehr, weil Kaleb eingeschlafen ist. Ich schiebe die Decke zur Seite und lege mich neben ihn. Meine Finger fahren über seine Brust, hoch zu seinen Schultern.

»Ich habe dich gesehen«, sage ich dicht an seinem Hals. Auch, wenn er mich nicht mehr hören kann.

KALEB

Vergangenheit

Es ist zwanzig vor acht und der Regen ist noch stärker als gestern. Fast, als wäre der Himmel traurig, obwohl es heute so viel zu feiern gibt. Sky und ich … wir werden gehen. Zusammen. Wir sind vielleicht zu jung, aber das heißt nicht, dass wir es nicht schaffen können. Mit dem Geld von Phoes Drogen fühlt es sich für einen kurzen Moment an, als gehöre uns die Welt.

Die Reisetasche schneidet sich in meine Schulter, aber ich will sie nicht absetzen, weil ich keine Zeit verlieren will. Keine verdammte Sekunde. Wenn Sky gleich hier ist, will ich sie mir sofort schnappen und den nächsten Zug Richtung Meer nehmen. Dieses Stadtschild hinter uns lassen.

Ich sehe in den Himmel, die Regentropfen prasseln auf mein Gesicht und ich erinnere mich daran, dass der Regen gestern so intensiv war wie noch nie. Woran das lag, liegt auf der Hand. Dass ich zu früh bin, sieht mir eigentlich nicht ähnlich, aber heute geht es um so viel. Heute geht es um meine Freiheit.

Unsere.

Es ist fünf vor acht und eigentlich hatte ich gehofft, sie würde auch früher hier sein. In dem Park, in dem wir gestern high lagen und über unsere Ziele gesprochen haben. Sky will an die Küste und genau da werde ich sie als Erstes hinbringen.

Drei vor acht und langsam werde ich nervös. Ich tippe ein ›Ich bin hier‹ in mein Handy und warte, bis sie meine Nachricht gelesen hat, aber nichts passiert. Die Haken werden nicht blau, was mich stutzig werden lässt. Sonst liest sie meine Nachrichten immer in Sekundenschnelle.

Sie ist sicher schon auf dem Weg und hat bei dem Wetter ihr Handy in der Tasche. Die Sohlen meiner Boots graben sich in den Schlamm unter meinen Füßen und die Nervosität wird immer heftiger, als es acht Uhr wird.

Wir sind verabredet.

Sie war noch nie zu spät.

Ich beginne, auf und ab zu laufen, den Schmerz der schweren Tasche auf meiner rechten Schulter ignorierend. Die Minuten vergehen, aber sie liest meine Nachricht nicht. Also schicke ich ein ›Ist alles okay?‹ hinterher. Wieder keine Antwort. Mit klopfendem Herzen wähle ich ihre Nummer, aber sie geht nicht ran.

Wieso, um Himmels willen, geht sie nicht ran? Sobald ich das Handy vom Ohr nehme und erneut die Uhrzeit checke, wird mir speiübel. Es ist zwanzig nach acht … und Sky ist nicht da.

***

Nachdem ich weitere zwanzig Minuten allein in dem Park gestanden habe, beschloss ich, zu ihr nach Hause zu fahren. Die Bahn war fast leer und umso mehr Raum hatten meine Gedanken.

Wieso war sie nicht gekommen? Was hat sie aufgehalten? Ich weiß, wo Sky wohnt, weil ich sie ein-,zweimal heimgebracht habe, und so stehe ich jetzt vor dem schicken Einfamilienhaus, das ich mir damals immer für unsere Familie gewünscht habe. Schöne Klinker, ein gepflegter Garten. Innen brennt Licht, was mir zeigt, dass jemand da sein muss. Ihre Schwester? Ihre Eltern? Sie? Mit schweren Schritten steige ich die Treppe hinauf, mittlerweile bin ich mir sicher, dass meine Schulter fast blutet, weil sich der Riemen so in meine Haut drückt. Die Tasche ist so verdammt schwer, aber der Druck in meinem Inneren noch viel schwerer. Mit rasendem Puls klopfe ich an die dunkelbraune Eingangstür – Sekunden später öffnet eine Frau mittleren Alters.

Skys Mutter.

Sie hat dieselben grünen Augen.

Und sie sieht verweint aus.

»Mrs Jones?« Es ist das erste Mal, dass ich ihrer Mutter gegenüberstehe und ich hätte mir einen besseren Zeitpunkt gewünscht, aber manchmal kann man sich die Dinge nicht aussuchen. Sie wischt mit einem Taschentuch über ihre Wangen und es erinnert mich an Skys Tränen, als sie mir panisch von dem Kerl erzählt hat, der Anna bedroht. Ihre Mutter weint sicher deshalb. »Ist Sky zu Hause? Wir waren um acht verabredet«, stammle ich und fühle mich plötzlich wie ein kleines Kind, das seinen Unfug beichten muss. Ich will ihre Tochter mitnehmen und von hier verschwinden. Nicht gerade das, was eine Mutter von einem dahergelaufenen Teenager hören will, also beiße ich mir auf die Lippe.

»Sie hat keine Zeit«, sagt sie müde, aber bestimmend. Ihre Augen sind so viel kälter als Skys. Ob sie sich gestritten haben? Konnte sie deshalb nicht kommen?

»Kann ich kurz mit ihr reden?« Ich muss wissen, dass unser Plan immer noch steht. Ich verschwinde auch morgen mit ihr. Oder übermorgen oder in zwei Wochen. Ja, ich würde auch noch ein halbes Jahr mit ihr warten. Aber ich muss sie sehen. Skys Mutter schüttelt den Kopf und tritt nach draußen, fast, als würde sie mich von der Haustür fernhalten wollen. Was läuft hier? Hat Sky etwa erzählt, dass sie verschwinden will? Ich war so schlau, meine Tasche im Garten zu

144

verstecken und mich rauszuschleichen, sodass mich niemand aufhalten konnte.

»Das wird nicht möglich sein.«

»Und morgen vielleicht?«

Wieder verneint sie.

»Du wirst sie nicht mehr wiedersehen können, Kaleb.« Sie kennt meinen Namen, was bedeutet, dass Sky von mir erzählt haben muss. Ihr Blick fällt auf die Tasche über meiner brennenden Schulter. Wenn ich mich nicht irre, rinnt ein bisschen Blut über meinen Arm. Könnte aber auch nur Einbildung sein, weil sich mein Körper gegen ihre Worte sträubt.

»Wie meinen Sie das?« Meine Stimme zittert. Was zur Hölle geht hier vor sich? Ihre Mutter kommt noch dichter und zieht die Tür hinter sich fast ran. Es bleibt nur ein kleiner Spalt – ein Spalt, der mich von *ihr* trennt.

»Meine Tochter wird sich nicht mehr mit dir treffen. Sie hat eingesehen, dass ein Junge wie du nicht zu einem Mädchen, wie sie es ist, passt. Und jetzt würde ich dich bitten, zu gehen, bevor ich die Polizei rufe und dich nach Hause fahren lasse. Bei dem, was ich über deine Familie weiß, willst du sicher keinen Besuch von der Polizei haben.« Im nächsten Augenblick fällt die Tür ins Schloss und ich stehe wie festgewachsen auf der Treppe. Meine Knie zittern und die Tasche rutscht mir von der Schulter.

Die Schmerzen sind nicht stark genug. Nicht stark genug, um meine Enttäuschung zu überlagern. Ich soll

Sky nicht mehr wiedersehen? Tränen brennen in meinen Augen, und als ich in den Regen sehe, weiß ich es. Der Himmel war traurig, weil er wusste, was passieren würde. Er wusste, dass sie nicht kommen würde.

***

Wie in Trance starre ich das weiße Zeug vor mir an. Ich hocke in Phoenix' Zimmer, so wie gestern. Nur, dass sie gestern bei mir war und mir eine der Pillen beim Kuss in den Mund geschoben hat. Heute ist sie nicht bei mir. Ich bin allein mit seinem Stoff, weil er nicht da ist. Den ganzen Weg hierher habe ich wie ein Baby geflennt, dem man seinen Schnuller weggenommen hat. Sky war etwas, das ich mittlerweile zum Leben brauchte. Immer wieder habe ich sie angerufen, aber irgendwann war ihr Handy einfach aus. Ob sie es absichtlich abgestellt hat? Oder waren es ihre Eltern?

Jetzt starre ich das Pulver an und weiß nicht, was ich tun soll. Ich hätte alleine verschwinden können, aber was wäre ein Leben ohne sie? Ich wollte mit ihr an die Küste. Mit den Fingern reiße ich die Tüte auf und schütte das Zeug auf den Boden. Es fühlt sich an wie Backpulver – wie damals, als ich mit Mom meine Lieblingskekse gebacken habe. Als diese Welt noch heller war. Das Zeug klebt an meinen Fingerspitzen, weil ich immer noch nass vom Regen bin. Und dann wünsche ich mir die Gefühle von gestern Nacht zurück.

Als der Regen so intensiv war.

Die Musik so laut.

Die Berührungen so explosiv.

Ich führe die weiße Fingerkuppe an meinen Mund und reibe sie mir ans Zahnfleisch. Keine Ahnung, ob ich das richtig mache, aber ich habe es so in einigen Junkie-Filmen gesehen. Mein Finger taucht noch einmal in den kleinen weißen Schneeberg, um dann wieder in meinen Mund zu wandern.

Ich will wieder so fühlen wie gestern.

Mit ihr.

Aber sie … sie ist nicht da.

KALEB

Gegenwart

Heute ist Besuchertag in der Klinik – und normalerweise würde ich jeglichen Besuch sofort abwimmeln wollen, weil ich meine Ruhe haben will. Aber heute nicht. Heute bin ich ausnahmsweise froh darüber, dass alle da sind.

Kade, Mom, Phoenix und Amber, Raven und Summer. May muss heute in dem Waisenhaus, das nur wenige Straßen hiervon entfernt ist, arbeiten, aber zu ihr habe ich ohnehin die geringste Verbindung. Immerhin wurde ich, kurz nachdem sie an Ravens Seite in die Familie kam, schon hierhergebracht. Mir wurde gar keine Gelegenheit gegeben, sie wahrzunehmen.

»Du siehst heute besser aus.« Mom tätschelt meine Wange, als wäre ich ein kleines Kind. Heute lasse ich es zu. *Heute … ist alles anders.*

»Mir geht es auch besser«, lüge ich. Mein Alkoholabsturz ist einige Tage her und seitdem geht es mir hier drin noch schlechter, aber ich will, dass sie heute mit einem guten Gefühl hier rausgehen und heimfahren. Sie sollen sich nicht den gesamten Abend über den Kopf zerbrechen, weil es mir schlecht geht. Sky gehe ich weitestgehend aus dem Weg, was nicht bedeutet, dass ich sie nicht wahrnehme.

Im Gegenteil.

Ich sehe sie.

Nur sie.

In den Sitzungen, in denen ich wieder zum schweigsamen Part übergegangen bin, im Gruppenraum, im Garten … meine Augen finden sie immer als Erstes. Und doch hat sie mir immer noch nicht gesagt, wieso sie mich damals im Stich gelassen hat, als ich sie am meisten gebraucht habe. Also spiele ich mir selbst vor, dass ich sie nicht brauche. Dass ich ohne sie besser dran bin, weil sie nur Schlechtes in mein Leben bringt.

Wäre es die Wahrheit - wieso suchen meine Augen sie dann immer noch? Wieso kribbelt alles in mir, wenn sie in den Sitzungen ihre Haarsträhnen zwischen die Finger nimmt und gedankenversunken daran dreht? Wieso wird mein Mund trocken, wenn ich ihren ansehe? Egal, wie stark ich mich dagegen wehre, ihre Wirkung auf mich ist immer noch viel zu stark. Meine schlimmste Sucht hat grüne Augen.

»Das freut uns wirklich sehr, kleiner Bruder.« Kade reibt seine Faust über meine Haare, wie früher immer. Das Lächeln auf meinen Lippen ist ernst gemeint, weil ich heute entschlossener bin als je zuvor. Entschlossen, endlich etwas an meiner Situation zu ändern. Summer sitzt an meinem Nachttisch und zieht mit ihren Buntstiften wilde Kreise über das Papier, das sie extra von einer der Schwestern bekommen hat. Ich wusste schon immer, dass eine Künstlerin in ihr steckt, auch wenn man ihre Zeichnungen nie erkennen kann. Ich bin mir sicher, dass sie Talent hat.

Alle sehen mich an und kurz sticht es in meiner Brust. Auch, wenn ich mich oft in eine andere Familie gewünscht habe, liebe ich sie. Jeden auf seine Art und Weise. Manche auf kaputte Art. Andere auf schmerzhafte. Andere auf die reinste Weise, die ich kenne. Summer zum Beispiel.

»Wir wollten dir auch noch etwas zeigen.« Amber hievt ihre Handtasche über den Bauch, der seit dem letzten Besuch ordentlich rund geworden ist, und öffnet den Reißverschluss.

Keine Ahnung, in welcher Woche sie ist, aber wenn das Baby in dem Tempo weiterwächst, muss sie am Ende der Schwangerschaft wortwörtlich platzen. Sie kommt auf mich zu und drückt mir ein Foto in die Hand. Auch als Laie sehe ich auf den ersten Blick, dass es ein Ultraschallbild ist.

»Wir wissen jetzt, dass es ein Junge wird«, verkündet Phoenix stolz. Sein Blick ruht auf mir und ich habe das Gefühl, dass der Abend, an dem er mich retten kam, etwas zwischen uns verändert hat. Ich sehe ihn an und empfinde nicht mehr diesen Hass in mir, der mich seit Jahren in seiner Gegenwart quält. Es ist schon eine traurige Ironie des Schicksals, dass es ausgerechnet jetzt besser wird.

»Ein Junge, cool!« Mein Daumen wandert über das kleine Ding auf dem Bild. Man erkennt nicht allzu viel, weil die Qualität echt beschissen ist, aber ich sehe eindeutig einen kleinen Menschen in dem grauen Etwas vor mir. Viel mehr als ein unförmiger Klecks ist es jedoch nicht.

»Wir haben auch schon einen Namen«, setzt Amber schnell hinterher. Alle sitzen mittlerweile an meinem Bett, dabei ist es ganz und gar nicht für so viele Menschen gebaut worden. Die meisten Leute hier bekommen höchstens von zwei Leuten Besuch, aber ich habe halt eine Großfamilie. Raven grinst breit und dann legt sich ein Schleier über die Blicke aller.

»Wir wollen ihn Jamie nennen.« Es ist Phoenix, der die Bombe platzen lässt. Meine Kehle schnürt sich zusammen, als ich diesen Namen höre. Der Name unseres kleinen Bruders, der schon seit Jahren ein Teil des Himmels ist. Der viel zu früh aus dem Leben gerissen wurde und dessen Tod jeden schlechten Stein ins Rollen gebracht hat.

Früher hätte ich wegen dieser Entscheidung sicher einen Ausraster bekommen, aber nicht heute. *Heute ist alles anders.* Ich fahre noch einmal über das Bild in meiner Hand.

»Willkommen in der Familie, kleiner Nolan.« Fuck. Heule ich gleich etwa? Mom tätschelt meine Wange erneut und ich drehe mich beschämt weg, weil ich nicht will, dass mich einer von ihnen flennen sieht.

Schlimm genug, dass Phoenix mich in dieser erbärmlichen Verfassung gesehen hat, in der ich vor ein paar Abenden steckte. Er war der Letzte, den ich sehen wollte, und zur selben Zeit der Einzige, den ich ertragen konnte. Das sagt ziemlich viel über unser verkorkstes Verhältnis aus.

»Was ist los, Kaleb? Du bist heute so handzahm«, wirft Raven lachend in den Raum, vermutlich, um die Stimmung aufzulockern. Alle starren mich an, selbst Summer, die jetzt von ihrer Zeichnung ablässt, sich zwischen Mom und Kade aufs Bett zwängt und sich auf meinen Schoß setzt. Sie grinst mich an und ihre Zahnlücke macht mich wieder einmal schwach.

»Wenn Jamie auf der Welt ist, können wir mit ihm spielen, oder, KayKay?« Als Antwort nicke ich und ziehe meine kleine Schwester eng an mich. Ihr lieblicher Duft killt mich, weil ich ihn am liebsten für immer abspeichern würde, aber weiß, dass er verflogen sein wird, sobald sie die Tür tanzend verlässt.

»Aber im Ernst. Ist alles in Ordnung bei dir?« Kade legt seine Hand auf meine Schulter. Ich nicke, auch wenn ich gern ehrlich sein würde. »Was soll ich sagen? Babys machen mich einfach schwach«, seufze ich. Wenn sie wüssten, was ich wüsste. Aber sie dürfen nicht. Es muss genau so sein. Summer schmiegt sich an mich und ich beginne, sie zu kitzeln.

»So wie du mich schwach machst, Sum.« Ihr Kichern ist so herzerwärmend, dass ich wirklich kurz die Kälte der letzten Tage vergesse. Noch immer starren mich alle an, als wäre ich von einem Alien entführt worden. Aber ich lasse sie … *weil heute alles anders ist*.

Gegenwart

»Er geht mir aus dem Weg.« Seufzend setze ich mich auf das Sofa im Gruppenraum, das bis auf meine Wenigkeit und zwei Mädchen am Automaten leer ist. Heute war Besuchertag, aber keiner war hier. Mom und Dad haben kein Auto, weil ihres in der Werkstatt ist, und Anna schreibt morgen eine wichtige Klausur, wegen der sie den Tag mit Büffeln verbringen musste und nicht herfliegen konnte. Dafür telefonieren wir schon seit einer Stunde und reden über alles, was uns einfällt. Seit einigen Minuten ist *er* wieder unser Hauptthema Nummer eins, so wie in meinen Gedanken die ganze Zeit. Manchmal fühlt es sich an, als hätte er etwas bei mir auf Repeat gestellt, und ich finde den Schalter nicht mehr.

»Und wenn du noch mal auf ihn zugehst?« Ihr Vorschlag käme mir sonst immer gelegen, aber in den letzten Tagen ist jegliche Kraft aus mir herausgeflossen wie aus einem kaputten Schlauch. Kaleb so nah am Zusammenbruch zu sehen, hat mein schlechtes Gewissen nur noch schlimmer gemacht. Auch wenn ich nie wollte, dass so etwas passiert, kann ich die Gedanken nicht loswerden, dass es meine Schuld ist. Ohne mich hätte er nie zu den Drogen gegriffen, die er sonst so verabscheut hat. Ohne mich wäre er vielleicht nie hier gelandet. »Ich habe es schon so oft probiert, Anna.«

»Ich weiß, Bubbles.« Sie ist ratlos, genau wie ich.

»Meinst du, du hältst es da noch aus? Was wäre, wenn ich mit Mom und Dad rede? Wir könnten dich zurück nach Chicago holen. Ich vermisse dich ohnehin wahnsinnig und wir können dich bei mir unterbringen. Vielleicht checken sie dann auch, dass du das gar nicht nötig hast und nach Hause gehörst. Mein Zimmer im Wohnheim ist klein, aber es könnte reichen.«

Wenn sie wüsste, wie sehr ich sie vermisse, würde sie sofort mit unseren Eltern sprechen, aber das will ich nicht. Solange Kaleb hier ist, will ich auch hier sein. Dass ich mir damit mehr selbst wehtue, weiß ich auch, aber es ändert nichts an meiner Entscheidung.

»Schon gut, Anna. Ich komme klar.« Wie immer. Ich kam schon immer klar. Mal mehr, mal weniger, aber meistens hatte ich meinen Scheiß echt gut im Griff. Selbst jetzt habe ich das Gefühl, dass ich mich gut schlage. Immerhin hat Kaleb mich behandelt wie ein Stück Dreck an seinen Schuhsohlen und trotzdem kann ich ihm immer noch erhobenen Hauptes gegenüberstehen. Andere würden mich als erbärmlich bezeichnen, ich mich eher als kämpferisch.

»Ich würde echt gern den ganzen Abend mit dir telefonieren, aber wenn ich mich nicht noch weiter in die Bücher stürze, kann ich die Klausur morgen gleich sausen lassen. Und dann muss ich wieder mehrere Monate warten, bis ich sie nachholen kann.« Wir verabschieden uns voneinander, und dann gehe ich in Richtung Garten, weil ich es liebe, die Abendluft in meine Lungen zu lassen. Und insgeheim auch, weil ich jedes Mal die Hoffnung habe, ihn draußen zu sehen, wenn auch nur aus der Ferne. Es ist zu einem Ritual geworden, dass wir uns ansehen, aber nicht miteinander sprechen.

Als ich an seinem Zimmer vorbeikomme, bemerke ich, dass seine Tür einen Spalt offen steht. Ich schleiche heran und spähe hinein, auch wenn ich damit schon wieder viel zu stark in seine Privatsphäre eingreife.

Eine Reisetasche liegt auf dem Bett, Kaleb steht davor und stopft seine Klamotten wild hinein. Was zur Hölle? Ehe ich mich stoppen kann, habe ich die Tür aufgestoßen. Als er mich sieht, weicht sein Blick kurz auf, wird aber direkt wieder kühl, so als hätte er erst jemand anderen erwartet. Wir haben seit Tagen kein Wort miteinander gewechselt.

»Wirst du entlassen?« Das ist unmöglich, oder? Er kam nach mir hier an und hatte definitiv größere

Probleme, als ich sie habe. Und bei mir wurde noch nicht im Ansatz über eine Entlassung gesprochen. In den Gruppensitzungen haben wir beide komplett dichtgemacht, sodass man keinen von uns freiwillig gehen lassen würde, da bin ich mir sicher.

»Mach die Tür zu«, befiehlt er mir und ich gehorche. Sie fällt ins Schloss und sein seltsames Verhalten macht mir Angst. »Ich wusste gar nicht, dass du schon so weit bist.«

»Ich werde nicht entlassen«, widerspricht er mir, was mich nur noch mehr verwirrt, auch wenn ich es eigentlich schon wusste.

»Wenn du nicht entlassen wirst, wieso packst du dann? Wirst du verlegt?« Bitte nicht. *Tu mir das nicht an.* In seinem Zimmer riecht es nach frischem Gebäck und ich frage mich, ob wenigstens er heute Besuch von seiner Familie hatte. Ich hoffe es. Niemand sollte an Besuchstagen allein sein. Zu meinem Glück hatte ich selten Probleme mit Einsamkeit, aber heute war einfach kein guter Tag.

»Nein.« Er stopft noch ein Shirt hinein und zieht den Reißverschluss mit einem Ruck zu.

»Du haust ab«, wispere ich, als ich verstehe, was hier vor sich geht. Wenn er nicht entlassen oder verlegt wird, hat sein Verhalten nur eine Erklärung. Kaleb antwortet nicht, was eindeutig Antwort genug ist. Ich gehe auf ihn zu und schiebe mich zwischen ihm und die Tasche auf seinem Bett, damit er gezwungen ist, sich mir und meinen Fragen zu stellen. Wir haben zu viel durchgemacht, als dass er mich einfach ignorieren könnte.

»Wieso? Ist es … meinetwegen?«

Kaleb lacht bitter auf.

»Nicht alles dreht sich in meinem Leben um dich.« Aber in seinen Augen kann ich lesen, dass es auch an mir liegt. Dass ich sehr wohl einen Einfluss darauf habe, wenn auch nicht den einzigen.

»Ich will nicht mehr in den Ketten meiner Familie leben. Sie haben schon immer über mich bestimmt.« Seine Schultern sacken ab. »Und ich halte es hier drin keine Sekunde mehr aus. Aber sie würden mich nie hier rauslassen, solange die Leute hier der Meinung sind, dass ich noch nicht über den Berg bin.« Schon damals hat Kaleb sich als Gefangenen angesehen. Ich erinnere mich an all die Nächte, in denen er sich in meine Arme geflüchtet hat, wenn ihm zu Hause alles zu viel wurde. Ich war sein Versteck, er meine Freiheit. »Solange ich in den Sitzungen keine Fortschritte mache, kann das hier noch ewig dauern. Und das packe ich einfach nicht mehr.«

»Wohin willst du gehen?«, frage ich mit einem Knoten im Bauch. Wenn er nicht mehr hier ist, wird es für mich noch unerträglicher, von meiner Familie und meiner gewohnten Umgebung getrennt zu sein. Von Anna … »Zurück nach Chicago. Da sind meine Leute … da ist mein Leben.« Genau wie meines. Das

Telefonat mit meiner Schwester hat mir gezeigt, wie sehr ich sie vermisse und dass jeder Tag ohne meine Familie der Hölle gleicht. Also kommen die folgenden Worte schneller über meine Lippen, als ich darüber nachdenken kann.

»Lass mich mitkommen.«

In den nächsten Sekunden herrscht Schweigen zwischen uns. Was hatte ich auch erwartet? Dass er mich strahlend in die Arme nimmt und meinen Vorschlag mit Kusshand annimmt? In den letzten Tagen sollte ich doch gelernt haben, was er von mir und meinen Versuchen, wieder eine Verbindung zu ihm aufzubauen, hält.

»Ich meine es ernst, Kaleb. Bitte. Ich will auch nicht mehr hier sein …« Mein Blick gleitet über seine gepackte Tasche. »Außerdem habe ich etwas bei dir gut zu machen, aber dafür brauche ich eine Chance. Und Zeit.« Schließlich ist es längst überfällig, ihm die Wahrheit zu sagen. Ich kann nicht ewig vor diesem Gespräch davonlaufen, das mich schon so lange wie ein Schatten verfolgt.

Kaleb zögert, was mir Hoffnung macht. Er hätte mir sofort den Wind aus den Segeln nehmen können, aber er hat es nicht getan. Meine Hand wandert an seine Brust, unter der ich sein Herz rasen spüre. Entweder schlägt es so schnell, weil er abhauen will, oder weil wir uns so nah sind. Meines rast, weil wir uns berühren.

»Ich weiß nicht, ob ich dir eine Chance geben kann.« Sein Widerstand der letzten Tage scheint vollkommen verschwunden zu sein. Jetzt steht er vor mir und das erste Mal sehe ich nur noch den Jungen von damals in ihm. In einer älteren und noch attraktiveren Form. Ich stelle mich auf die Zehenspitzen und wandere mit meinem Mund zu seinem, berühre ihn aber nicht. Will, dass er den letzten Schritt macht.

»Probier es wenigstens. Ich will, dass es wie früher wird.« Ein Wunsch, der schon so lange in mir schlummert, dass ich an seine Erfüllung kaum noch geglaubt habe. Aber heute fühlt es sich anders an.

»Wir sind nicht mehr wie früher, Sky.« Sein warmer Atem streift meine Lippen und am liebsten würde ich ihn küssen. Ihm zeigen, dass wir sehr wohl wie früher sein können, wenn wir uns nur eine Chance geben. Wenn wir die Vergangenheit hinter uns lassen und nach vorne sehen.

»Du hast recht«, gebe ich nach. »Aber wir könnten besser sein.« Meine Worte lassen ihn scharf die Luft einziehen und ich weiß, dass er diesen Kuss genauso sehr braucht wie ich. Und dann berühren sie sich.

Unsere Lippen tanzen miteinander, als ich in seine Mundhöhle seufze und mich an seinem Pullover festkralle wie ein kleines Kind. Mir wird schwindelig und viel zu heiß. Seine Zungenspitze fährt über meine, und ich werde in seinen Armen zu Wachs. Kaleb konnte schon damals unglaublich gut küssen, aber das hier spielt in einer anderen Liga.

Mein Becken presst sich dicht an ihn heran und Wirbelstürme wüten in mir, weil es sich so richtig und falsch zur selben Zeit anfühlt. Licht und Schatten.

Als er sich von mir löst und ich zurück auf die Fersen sinke, kann ich kaum gerade stehen, weil sich alles dreht. Der Duft nach Gebäck ist verschwunden, dafür rieche ich nur noch ihn.

»Wir treffen uns in drei Stunden draußen an der Mauer. Dann haben die Schwestern Pause.« Sofort nicke ich, auch wenn ich noch gar nicht glauben kann, dass ich dem tatsächlich zustimme. Meine Eltern werden Tote auferstehen lassen, wenn sie davon erfahren. Was spätestens morgen früh der Fall sein wird, wenn die Schwestern in mein Zimmer kommen und ein leeres Bett vorfinden. Vielleicht schaffen wir es, dass ich vorher bei ihnen bin. Bevor die Schwestern panisch anrufen und sie aus allen Wolken fallen. So kann ich ihnen vielleicht besser erklären, wieso ich es getan habe.

»Okay.« Mehr als ein Wimmern kriege ich nicht zustande. Kaleb sieht mir tief in die Augen und ich weiß, was er denkt. Weiß, was er sagen will, sich aber nicht zu sagen traut. Der verletzliche Teil in ihm ist präsenter denn je.

»Keine Angst, K.« Ich hauche ihm einen Kuss auf den Mundwinkel, was ihn zum Zucken bringt. »Dieses Mal werde ich da sein.«

KALEB

Gegenwart

Amber und Phoenix haben das Ultraschallbild vergessen. Ich sollte es hierlassen, weil ich weiß, dass es ihnen gehört, aber ich kann mich einfach nicht davon lösen.

Der Nachmittag war anstrengend in dem Wissen, dass ich heute abhauen werde. Der Gedanke, meine Familie erst einmal nicht mehr zu sehen, sorgt für ein bitteres Gefühl in meinem Magen. Wie paralysiert schaue ich die Bohne auf dem Bild an und könnte schon wieder heulen. Diese verräterischen Gefühle.

Vor einigen Wochen hätte ich sie mit Kokain oder etwas anderem betäubt, jetzt bleibt mir nichts, als mich mit ihnen auseinanderzusetzen. Ich sitze neben meiner gepackten Tasche auf dem Bett und starre das Bild an. Das hier ist meine Art der Auseinandersetzung. Meine Art, mich den Problemen zu stellen.

Ein Blick auf die Uhr zeigt mir, dass die Schwestern gleich Pause haben und es losgehen kann, also falte ich das Bild und schiebe es in meine Jeanstasche, damit ich es griffbereit habe. Es wäre gelogen, wenn ich behaupten würde, dass es mir schwerfällt, diese Klinik zu verlassen, aber hier abzuhauen, wird der Todesstoß für Mom und die anderen sein. Sie werden sich Schuldgefühle einreden, weil sie nichts bei ihrem Besuch gemerkt haben. Und ich werde sie ihnen nicht einmal nehmen können, weil ich zig Meilen entfernt in unserer alten Stadt sein werde.

Mit einer letzten Kontrolle durchsuche ich den Raum nach Überbleibseln von mir, greife mir die Reisetasche und anschließend Mr. Puzzle, der wie immer auf dem Nachttisch sitzt und mich vorwurfsvoll mit seinen schon zweimal nachgezogenen Knopfaugen ansieht.

Eigentlich hätte ich ihn Summer zurückgeben müssen, aber ich will einen Teil von ihr bei mir haben, wenn ich verschwinde. Sie werde ich am meisten vermissen.

Mit einem schiefen Grinsen betrachte ich den Teddybären mit den rosa,- und mintfarbenen Flicken. Wenn ich mich richtig erinnere, hat Phoenix die in einer Nacht- und Nebelaktion angenäht, als Sum weinend im Wohnzimmer stand und nicht schlafen konnte, weil sie Angst um ihren Teddybären hatte. Kein Wunder, dass die Flicken kaum halten und sein Innenfutter überall herausquillt, Phoe war nie sonderlich begabt in solchen Dingen. Ich drücke das Stofftier noch einmal an mich, stopfe es zu den anderen Sachen in die Tasche und öffne mein Fenster. Da die Türen zum Garten abends geschlossen sind, bleibt mir keine andere Wahl, als wie ein Schwerverbrecher durchs Fenster zu steigen.

Nur, dass ich, anstatt einzubrechen, ausbreche. Sobald ich das Fenster wieder hinter mir zugezogen habe, laufe ich zur Mauer, auf der ich letztens meinen grandiosen Auftritt hatte, bevor Phoe kam und mich ins Bett gebracht hat wie ein kleines Kind.

Beim Gedanken daran zieht sich mein Magen wie durch einen Knoten zusammen. Ich habe ihm meine verletzliche Seite gezeigt und jetzt verpisse ich mich, weil ich ein verdammter Feigling bin. Aber als ich Sky im Schatten der Mauer sehe, ist mir alles egal. Auch wenn ich bis jetzt nicht verstehe, was mich dazu getrieben hat, auf ihr Angebot einzugehen. Vielleicht bin ich es einfach satt, allein zu sein. Und die Fahrt nach Chicago ist vielleicht nicht so trostlos, wenn jemand bei mir ist. Das ist der einzige Grund. Das muss der einzige sein.

»Bist du bereit?«, frage ich sie und sehe zwischen der Dekomauer im Garten und der, die das Gelände einzäunt, hin und her. Mit einem gekonnten Sprung sollte es kein Problem sein, rüberzukommen und dann auf der anderen Seite runterzuspringen. Wir könnten auch tagsüber verschwinden und einfach den offiziellen

Ausgang nehmen, aber die Schwestern würden sofort unsere Familien kontaktieren. So haben wir ein paar Stunden Vorsprung.

»Bin ich.« Sie pustet die angestaute Luft aus, in ihrer Hand baumelt eine schwarze Reisetasche. Ich blicke mich noch einmal zu den Flügeln des Gebäudes um und deute dann auf die Mauer.

»Wir müssen da hoch.« Dass sie es körperlich ohne Probleme auf die Mauer schafft, weiß ich, weil sie tagsüber des Öfteren auf ihr gesessen und mich beobachtet hat. Ich lasse Sky den Vortritt, die ihren Fuß auf einen herausstehenden Stein legt und nach oben klettert. Dabei streckt sie mir ihren Arsch in der Jeans mitten ins Gesicht. Schade, dass es so dunkel ist, sonst könnte ich den Anblick besser genießen.

»Was ist? Kommst du oder willst du weiter die Steine anstarren?« Sie lacht aus tiefstem Herzen und ich muss gestehen, dass ich diesen Klang vermisst habe. Ob ich ihr sagen sollte, dass ich nicht der Steine wegen gestarrt habe, sondern wegen ihres Hinterns? Schon seit wir in meinem Zimmer Sex hatten, geht mir ihr Körper nicht mehr aus dem Kopf.

Sie war schon damals das attraktivste Mädchen, das ich kannte. Heute ist sie die attraktivste Frau. Mit der ich gleich von hier verschwinden werde. Kopfschüttelnd lasse ich die Gedanken wegtreiben, reiche ihr unsere Klamotten und klettere zu ihr nach oben. Den Dreck an den Händen wische ich an meiner Jeans ab.

»Und jetzt müssen wir da rüberspringen?« Skylar Jones ist kein Mensch mit Ängsten, sie hat schon immer den Nervenkitzel geliebt. Aber die eineinhalb Meter lassen sie anscheinend nicht ganz kalt.

»Ich gehe vor.« Meine Tasche stelle ich auf der schmalen Mauer ab, dann werfe ich einen letzten Blick zurück und setze zum Sprung an. Als ich auf der zweiten Mauer lande, verliere ich fast mein Gleichgewicht, kann mich aber im letzten Moment an einem der Äste des Baumes hinter der Mauer festhalten. Sky ist mucksmäuschenstill, was in Anbetracht der letzten Tage erleichternd ist. Ich bin es leid, dass sie versucht, ihre alten Fehler wiedergutzumachen, ohne wirklich mit der Sprache rauszurücken.

»Wirf mir die Tasche rüber«, weise ich sie an und Sekunden später greife ich sie in der Luft ab, blicke auf der anderen Seite herunter und lasse sie in den Schatten am Boden fallen.

»Jetzt du.« Die Skepsis in ihrem Blick bringt mich zum Schmunzeln, was sie sofort bemerkt. Ihre Hände sind in die Hüften gestemmt und sie sieht aus wie meine Mutter damals, wenn ich mein Zimmer nicht aufgeräumt habe. Damals, als meine Familie noch ganz normale Probleme hatte und nicht diese Hollywood-Dramen. »Machst du dich etwa über mich lustig, Nolan?« Bei meinem Nachnamen hat sie mich immer nur genannt, wenn ich Mist gebaut habe. *Gott, ich vermisse, wie es früher war.* Sky sagte, dass wir besser sein könnten.

Aber geht das wirklich? Wie, wenn wir damals in meinen Augen perfekt waren? »Es ist nur gut, zu sehen, dass du auch vor etwas Angst hast«, antworte ich schulterzuckend und schnappe mir ihre Tasche, die sie mir als Erstes herübergeworfen hat. Sie landet plumpsend neben meiner an der Außenseite des Geländes. Sky schließt die Augen und ballt ihre Hände zu Fäusten, als würde ihr das bei der Angst helfen. Ein paar tiefe Atemzüge vergehen und ich werde ungeduldig, als ich eine Bewegung im Fenster des Schwesternzimmers wahrnehme.

»Nun komm schon. Die Pause vom Spätdienst wird bald vorbei sein, und sollte eine davon in unsere Zimmer gucken, sollten wir weg sein. Am besten schon aus der Stadt«, dränge ich sie.

Sky schürzt die Lippen, setzt zum Sprung an, und dann höre ich einen spitzen Schrei aus ihrer Kehle. Sie rutscht an der Kante ab und in letzter Sekunde kriege ich ihre Hand gegriffen, damit sie nicht nach unten stürzt und sich alle Knochen bricht. Ihre linke Körperhälfte prallt gegen die Mauer, auf der ich stehe, und sie sieht panisch zu mir auf.

»Ich zieh dich hoch. Lass nicht los!« Meine zweite Hand zur Hilfe nehmend, packe ich sie am Oberarm und ziehe sie zu mir hoch. Unterstützend versucht sie,

Halt an der Mauer zu finden, und als sie schließlich neben mir sitzt und sich mit verzerrtem Gesicht die Rippen hält, wird mein Mund trocken.

Ich sollte mir keine Sorgen um sie machen. Sie sollte in der Hölle schmoren. Ich müsste sie hassen. Aber …

»Geht es?«, werfe ich meine Gedanken über Bord und stütze sie. Tränen brennen in ihren Augen, vermutlich hat sie unfassbare Schmerzen, letztendlich nickt sie jedoch.

»Ja, lass uns gehen.« Sky schwingt ihre Beine über der Mauer auf die andere Seite und springt, ohne zu zögern, herunter. Ich folge ihr und atme erleichtert aus, als ich sehe, dass zumindest ihre Tränen versiegt sind. Ihre Stärke hat mich schon immer begeistert.

»Und wie geht es jetzt weiter? Wie sieht der grandiose Plan von Kaleb Nolan aus?« Sie überspielt ihre Schmerzen, während ich unsere beiden Taschen greife und zum gegenüberliegenden Parkplatz deute, der von den alten Straßenlaternen beleuchtet wird.

»Jetzt holen wir uns ein Auto und hauen ab.« Mit schnellen Schritten steuere ich die Fläche neben der Klinik an, auf der um diese Uhrzeit nur noch wenige Autos stehen. Tagsüber ist er voll von Besuchern, jetzt ist er überschaubar.

»Du willst ein Auto der Schwestern klauen?« Sie hält schwer mit mir Schritt, stellt sich letztendlich aber vor mich und geht rückwärts vor mir her, um mein Tempo zu drosseln. Sie trägt einen dünnen Pulli und ihre

Rundungen kommen in der schwarzen Jeans perfekt zur Geltung.

»Woher weißt du, dass das der Schwesternparkplatz ist?« Sie grinst.

»Nicht nur du hast von der Mauer aus alles im Blick, K. Beim Schichtwechsel konnte ich sehen, dass fast alle da parken.« Ich antworte nicht mehr, überschaue die wenigen Autos auf dem Parkplatz und triumphiere, als ich das richtige entdecke.

»Hier lang. Wir nehmen das von Schwester Lucy. Die hat es verdient.« Sky stimmt mir zu, ihr Kichern verrät sie. »Oh ja. Wenn sie mir noch einmal eine Predigt darüber gehalten hätte, wie man sein Bett macht, wäre ich vermutlich ausgerastet.« Gemeinsam gehen wir zu dem schwarzen Opel herüber. Sky stellt sich an die Beifahrerseite und checkt noch einmal die Umgebung ab, um zu überprüfen, ob wir beobachtet werden.

»Und was, wenn uns einer beim Knacken erwischt?« Ihre Frage stammt aus reiner Neugier, nicht etwa aus Angst, erwischt zu werden.

»Wer sagt denn, dass wir einbrechen?« Ich stelle die Taschen am Boden ab, greife in meine linke Hosentasche und halte über dem Dach des Wagens den Schlüssel in die Höhe. Sky schnappt nach Luft.

»Woher hast du den?«, fragt sie gespielt empört. Ich drücke auf die Zentralverriegelung und schmeiße die Taschen auf die Rückbank.

»Aus demselben Raum, aus dem ich ihren Alkohol geklaut habe.« Als ich den Abend meines Absturzes anspreche, schluckt sie schwer. Dennoch schafft sie es, auch den Gedanken daran zu überspielen. Sie ist darin eindeutig besser als ich. »Du bist wirklich unglaublich.« Mit diesen Worten steigt sie ein und ich folge ihr. Sobald ich den Schlüssel im Schloss und den Motor gestartet habe, pumpt Adrenalin durch meine Venen und das hat genau drei Gründe.

Erstens, weil ich gerade dabei bin, mich verdammt strafbar zu machen. Zweitens, weil ich meine Familie enttäusche, indem ich von hier verschwinde. Und der dritte Grund sitzt neben mir. Viel zu schön und viel zu gefährlich.

SKYLAR

Gegenwart

»Das hat mir gefehlt.« Wir sind mittlerweile schon seit einigen Meilen aus der Stadt raus, als ich das Schweigen zwischen uns breche. Kaleb sieht mich aus dem Augenwinkel an, sagt aber nichts. Im Radio spielt ein Lied von Blink182 und ich genieße den Fahrtwind, der mir die Haare vors Gesicht wirbelt. Es schmeckt und riecht nach Freiheit. Und nach meinem Erdbeershampoo. Heute Abend hat es sich angefühlt, als wäre keine Zeit ohne ihn vergangen.

»Diesen Nervenkitzel. Die Abenteuer«, träume ich vor mich hin und fahre mit den Fingern trommelnd über das schwarze Armaturenbrett von Lucys Wagen. Ich sollte zumindest den Anflug eines schlechten Gewissens haben, aber Fehlanzeige. Vermutlich trifft es mich mit voller Wucht, wenn ich meinen Eltern und Anna beichten muss, was ich getan habe.

»Wir hatten immer die aufregendsten Nächte zusammen.« Die Erinnerungen sind so bunt, dass ich ganz vergesse, wie schwarz-weiß wir mittlerweile sind. Dass Kaleb mich überhaupt mitnimmt, gleicht einem Weltwunder, immerhin hatte er mir die Hölle auf Erden versprochen. Was, wenn das alles zu seinem Plan gehört? Vermutlich schmeißt er mich auf der Hälfte des Weges einfach mitten im Wald raus und verschwindet, ohne zurückzublicken.

»Was sagt das Navi?«, lenkt er vom Thema ab, also werfe ich einen Blick auf mein Handy und höre auf, mir die schlimmsten Szenarien auszumalen. Kaleb ist vielleicht wütend auf mich, aber er ist kein Monster. Egal, wie sehr er mich davon zu überzeugen versucht, in einigen Momenten kann er seine wahren Gefühle nicht überspielen. Wie vorhin in seinem Zimmer, als er zugelassen hat, dass wir uns küssen.

»Siebzehn Stunden. Also sind wir noch nicht da, wenn sie bemerken, dass wir weg sind.« Bis jetzt habe ich mir kaum Gedanken darüber gemacht, wie es jetzt weitergeht und welche Konsequenzen es haben könnte. Immerhin haben wir einen verdammten Wagen gestohlen! In spätestens zehn Stunden wird die ganze Klinik wissen, dass wir abgehauen sind, wenn das Frühstück in die Zimmer gebracht wird. Oder vorher, wenn Schwester Lucy ihre Schicht beendet, ihren Autoschlüssel vermisst und den leeren Parkplatz vorfindet.

»Dann müssen wir dieses Auto so schnell wie möglich loswerden, wenn wir da sind.« Sein linker Arm hängt lässig aus dem Fenster, mit der rechten umklammert er das Lenkrad. Die Adern an seinen Unterarmen starren mich förmlich an und mein Mund wird trocken. Wieso hat er nur solche Wirkung auf mich? Ich dachte, ich hätte mich besser im Griff, aber im Augenblick würde ich ihn am liebsten anflehen, rechts ranzufahren, damit ich mich auf ihn setzen kann. Damit ich wieder das fühlen kann, was ich bei unserem letzten Kuss gefühlt habe.

Hoffnung.

»Danke«, flüstere ich, vermutlich zu leise bei der lauten Musik im Radio. Kaleb verzieht keine Miene, und als ich mich aufrecht hinsetzen will, sticht es schmerzhaft an meinen Rippen. Der Aufprall auf der Mauer war deutlich stärker, als ich mir eingestehen will. Ich beiße meine Zähne zusammen und ignoriere den Schmerz, weil ich nicht will, dass er mich wirklich noch in ein Krankenhaus bringt.

Wir sind auf einer kaum befahrenen Straße unterwegs, und als wir im Hintergrund das Dröhnen einer Polizeisirene wahrnehmen, wird mir übel. Meine Schmerzen ignorierend, blicke ich über meine Schulter und entdecke in einiger Entfernung Blaulicht, das immer näher kommt. »Fuck«, zische ich und sehe panisch zu Kaleb, der anscheinend gelassener ist als ich. Er wirft einen Blick in den Rückspiegel, bremst leicht ab und biegt in eine Seitenstraße ein, die nach rechts abführt und von zahlreichen Bäumen umgeben ist. Entweder er will sich hier vor den Bullen verstecken oder er will mich tatsächlich mitten im Wald aussetzen. Ich bete für Nummer eins.

»Was machen wir, wenn sie uns kriegen?« Keine Ahnung, ob sie hinter uns her sind, aber die Tatsache, dass das Gefährt unter unseren Ärschen gestohlen ist, treibt mir Schweißperlen auf die Stirn. Ich schalte das Radio ab und sehe immer wieder hinter mich. Die Sirene wird lauter und Kaleb im Sekundentakt schneller. Der Weg ist so uneben, dass ich mich am Sitz festkrallen muss, um die Schmerzen an meinen Rippen zu kompensieren. Wäre die Situation nicht so gefährlich, würde ich Kaleb anflehen, langsamer zu fahren. Im Moment bleibt mir nichts übrig, als sie auszuhalten, bis wir in Sicherheit sind.

»Werden sie nicht. Entspann dich, Sky.« Wir fahren immer dichter in den Wald hinein, und als ich hinter mich blicke und auf der Hauptstraße das blaue Licht des Polizeiwagens auf dem Asphalt erahnen kann, halte ich die Luft an. Ich atme erst wieder aus, als ich sehe, dass die Polizei blitzschnell an der Einbiegung vorbeifährt, ohne sich unserer Abzweigung zu nähern. Meine Anspannung lässt nach, und als ich zu Kaleb herübersehe, kann ich ein Schmunzeln auf seinen Lippen sehen. Auf diesen verführerischen Lippen, von denen ich weiß, wie gut sie sich anfühlen. Wie gut es sich anfühlt, von ihnen berührt zu werden. »Was?«, frage ich neugierig. Seit wir uns wieder begegnet sind, habe ich ihn nur selten lächeln sehen. Es steht ihm unheimlich gut und ich bin der Meinung, dass er nie wieder damit aufhören sollte. Aber ich beiße mir auf die Lippe, bevor ich ihn wieder zu sehr in die Enge treibe und jeden Fortschritt wieder kaputtmache.

»Das war wie früher«, antwortet er, sieht mich aber nicht an. Wir fahren mittlerweile langsamer, und weil wir hier keine Möglichkeit haben, zu wenden, folgen wir weiterhin dem Weg in den Wald hinein. Ein paar Minuten vergehen, und als ich schließlich etwas in der Ferne glitzern sehe, klopft mein Herz laut in meiner Brust.

»Ist es das, was ich denke?«

Kaleb verengt die Lider, kann in der Dunkelheit aber auch nur raten, was vor uns liegt. »Lass es uns herausfinden.« Er parkt am Rand, und ehe er den Motor abstellen kann, bin ich schon ausgestiegen. Ich laufe auf den See zu, der hier mitten im Wald liegt, nur umgeben von ein paar Bäumen und dem Mond, der sich im Wasser spiegelt. Das hier ist magisch.

»Und was wird das jetzt?« Kaleb ist mittlerweile ausgestiegen, als ich schon meine Schuhe ausgezogen habe. Ich drehe mich zu ihm um und grinse breit. Er weiß ganz genau, was ich vorhabe. »Ich gehe baden!« Vielleicht hilft das Wasser, meine Rippen zu kühlen. Ich streife mir unter Schmerzen den Pulli aus, werfe ihn zu meinen Schuhen, und steige aus meiner Jeans. Nur noch in meinen Slip gekleidet, laufe ich auf das Ufer zu. Kaum zu glauben, dass wir auf der Flucht vor den Polizisten so einen wunderschönen Ort gefunden haben. Rechts neben dem See befindet sich eine kleine Holzhütte, die aussieht, als wäre sie seit Jahren nicht betreten worden.

Mit einem Blick über die Schulter sehe ich zu Kaleb, der am Wagen steht und mich mit einem angedeuteten Lächeln beobachtet. Ob er den Anblick genießt? Sekunden später tauche ich mit den Zehen ins Wasser ein und fühle mich lebendiger als je zuvor. Weil er mich ansieht …

KALEB

Gegenwart

Fuck. Das hier war definitiv nicht mein Plan. In meiner Vorstellung haben wir die Fahrt nach Chicago einfach hinter uns gebracht und sind dann getrennte Wege gegangen. Die Realität sieht anders aus. So anders, wie es nur möglich ist. Ich sitze im Gras am Ufer dieses Ortes, den wir vor ein paar Minuten aus Zufall entdeckt haben, während Sky halb nackt im See steht und mit ihren Händen Kreise durch das Wasser zieht.

Sie trägt keinen BH.

Natürlich nicht.

Hat sie nie.

Ihr nackter Rücken schimmert durch das Mondlicht und ich fahre ihre Umrisse nach. Meinen Schwanz lässt dieser Anblick ebenso wenig kalt, er drängt sich fordernd gegen meine Jeans. Das hier ist falsch.

Ich sollte sie aus dem Wasser holen, ihr die Sachen überziehen und sie ins Auto bringen, damit wir weiterfahren können. Immerhin haben wir erst den Bruchteil der Strecke hinter uns und ich wollte so weit wie möglich weg sein, wenn unser Verschwinden in der Klinik auffällt. Es wird nur eine Frage der Zeit sein, bis meine Brüder Bescheid wissen und nach mir suchen. Neben den Bullen. Aber ich kann Sky nicht ansprechen, weil ich mir sicher bin, dass ganz andere Worte über meine Lippen kommen würden.

Setz dich auf mich.

Lass mich vergessen.

Wie damals immer.

Als ich diese Drogen noch nicht brauchte, um klarzukommen, weil ich dich hatte. Sie taucht bis zum Hals ab, legt ihren Kopf zurück und starrt nach oben in den Himmel, während ich nur sie ansehe, mir eine Kippe aus der Schachtel neben mir ziehe und sie zwischen meine Lippen schiebe. Ich brauche etwas in meinen Lungen, damit ich nicht auf dumme Ideen komme und sie wieder küsse.

»Willst du gar nicht reinkommen?«, ruft sie mir zu und dreht sich elegant in meine Richtung. Sie ist perfekt. Viel zu perfekt für das, was sie mir angetan hat, als sie mich einfach im Stich gelassen hat. Ich bleibe mit angewinkelten Beinen am Ufer sitzen und puste den Rauch aus meinen Lungen, bevor ich einen weiteren Zug nehme und die Kippe hochhalte, um ihr zu zeigen, dass ich beschäftigt bin. »Muss ich dich etwa erst zwingen?«, setzt sie noch lachend hinterher, und als sie langsam aus dem Wasser kommt und sich mir nähert, brennen alle Sicherungen durch. Die Spitze meiner Zigarette ist nicht die einzige Glut hier. Durch meinen Körper pulsiert Lava.

Verbrenn dich nicht an ihr, Kaleb.

Die Worte meines Bruders sollten mich davon abhalten, denselben Fehler ein zweites Mal zu machen. Aber ich bleibe hier sitzen und genieße, wie sich ihre Hüften bei jedem Schritt wiegen, wie ihre Haare nass über ihre Brüste fallen. Als sie vor mir steht und mein Blick auf ihre Rippen fällt, schmeiße ich die Kippe neben mich, drücke sie mit dem Stiefel aus und ziehe sie an mich.

»Das sieht übel aus, Sky.« Die Stelle, an der sie gegen die Mauer geprallt ist, beginnt, sich blau zu färben, und als ich die Flecken mit den Fingern berühre, zuckt sie sofort zusammen. Anschließend setzt sie sich neben mich ins Gras, ohne auch nur ein paar Zentimeter Abstand zwischen uns zu lassen.

»Geht schon.« Aber ich glaube ihr nicht. Ihre Rippen sehen geprellt aus, und da ich selbst die ein oder andere Prellung hatte, weiß ich, wie schmerzhaft das sein kann. Wenn man Drogen nimmt und sich mit den falschen Dealern anlegt, sind Prügeleien nicht gerade selten.

»Wir sollten das bei einem Doc checken lassen. Ich kann dich ins nächste Krankenhaus fahren, wenn du willst.« Auch wenn das meinen Plan noch mehr durcheinanderbringen würde als dieser Stopp hier. Sofort schüttelt sie den Kopf und sieht mich panisch an.

»Unsinn. Das ist übermorgen wieder weg.« Sie atmet schwer. »Glaub mir, ich hab schon deutlich schlimmere Schmerzen überlebt.«

Ich auch.

Jede Nacht ohne dich war wie ein Stich in den Magen.

Jede Pille war mein Wunsch, die Leere, die du hinterlassen hast, abzutöten.

Der Rest meines gesunden Menschenverstandes will sie zu einem Arzt bringen, trotzdem nicke ich und lasse das Thema fallen, obwohl ich zu gern wüsste, welche Schmerzen sie meint. Ob sie auch so gelitten hat, nachdem sie mein Herz aus der Brust gerissen hat. Sky lehnt ihren Kopf an meine Schulter, und als ich automatisch meinen Arm um sie lege, setzt sie sich auf meinen Schoß. Ihr Slip ist nass und ihr Körper von einer Gänsehaut überzogen.

»Ist dir kalt?«

Sie verneint.

»Du solltest dir trotzdem was überziehen.« Damit ich auf andere Gedanken komme. *Damit ich mir nicht die ganze Zeit vorstelle, wie es wäre, in dir zu sein.* Mein Puls legt zu und als sie noch dichter an mich heranrutscht, dreht sich alles.

»Sollte ich. Aber ich will es nicht.« Meine Augen fahren über ihre makellose Haut, vorbei an ihren Schlüsselbeinen und hinab zu ihrem flachen Bauch.

»Sag mir, was du denkst, Kaleb.« Früher haben wir uns immer alles erzählt. Es gab keinen Moment, in dem einer von uns beiden gezögert hätte. Sie legt ihre Hände auf meine, um sie anschließend an ihren Hüften zu positionieren. Scheiße, sie muss spüren, wie hart ich bin. Mein Schwanz drückt sich gegen den Stoff ihres Höschens und ich wünschte, uns würde keine Kleidung trennen.

»Ich habe mir zwei Jahre lang jeden Tag ausgemalt, was ich als Erstes tun würde, wenn ich dich wiedersehe.« Ich habe keinen Bock mehr, zu lügen. Sky presst ihre Lippen aufeinander und wartet ab, während meine Hände tiefer wandern und den Bund ihres Slips erreichen. Es dauert keine fünf Sekunden, bis ich ihn ihr ausgezogen und sie zurück auf mich gesetzt habe.

»Du bist abgehauen«, erinnert sie mich an die erste Begegnung in der Gruppensitzung. Noch jetzt zieht sich mein Magen bei der Erinnerung daran zusammen. Es hat sich angefühlt, als hätte mir jemand Schrot ins Herz gejagt.

»Aber das ist es nicht, was du wolltest, oder?« Wieso kennt sie mich auch nach all der Zeit immer noch besser als ich mich selbst? Ich schüttle den Kopf, während Sky ihre Mitte enger an meine Jeans drückt. Danach schiebt sie mich an den Schultern zurück, bis ich unter ihr liege. Dabei erinnere ich mich an die Nacht auf dieser albernen Party. Es gab auf dem Dach nur sie, den Himmel und mich. Fast wie jetzt.

»Ich habe in deinen Augen gesehen, dass du mich immer noch willst.« Vor einigen Stunden hätte ich ihr jetzt den Wind aus den Segeln genommen, aber im Moment bin ich zu schwach für jeden Protest. Ich bin jede Lüge leid, weil Lügen seit Jahren mein Leben bestimmen. Raven hat früher gelogen, wenn wir ihn gefragt haben, wohin er nachts ging. Mom wollte uns weismachen, dass sie kein Alkoholproblem hat, wenn sie jeden Abend trank. Und Phoe? Phoe war der Einzige, der immer ehrlich war und mich damit am meisten verletzt hat.

»Also lass es einfach zu.« Sie beugt sich über mich, und als ihre Lippen meinen Hals streifen, zerfällt auch der Rest meiner Beherrschung zu Asche. Ich hebe sie hoch, lege sie sanft auf dem Rücken ab, wohl darauf bedacht, ihren Rippen nicht wehzutun, und dränge mich zwischen sie.

»Du hast recht«, raune ich, schiebe ihre Schenkel auseinander und genieße den Anblick. Sie – nackt unter mir – mit einem Flehen im Blick, das mich ausknockt. Das mich schon immer im Griff hatte.

»Das Erste, was ich mit dir tun wollte, war das.« Mit einem Handgriff habe ich meinen Schwanz befreit und

183

an ihre Mitte gelegt. Meine Ellbogen links und rechts neben ihr, mein Blick mit ihrem verkeilt. Meine Spitze massiert ihren Kitzler und ich frage mich, wann ich das letzte Mal so etwas empfunden habe. Wann mein Körper das letzte Mal so unter Flammen stand, während ich vollkommen clean war. Sky bemerkt mein Zögern.

»Ich nehme die Pille.« Wir sehen einander noch einen Moment an, bevor ich mich langsam in sie schiebe. Ich weiß, dass ich ihr nicht vertrauen sollte, nach allem, was passiert ist. Aber mein Körper schenkt ihr dieses Vertrauen auch nach all der Zeit noch. Knurrend stoße ich erneut in sie, während sie den Kopf zur Seite wirft und sich mit den Fingern in die Erde krallt. Sie fühlt sich immer noch genauso umwerfend an. Und immer noch ist ihre Lust das Schönste.

Wenn ihre Wangen rot werden …

Sich ihr Mund leicht öffnet …

»Oh Gott.« Ihr Wimmern treibt mich weiter an, ich lege meine Hände an ihre Hüften und werde schneller. Mit jedem Stoß wird mir heißer und die Welt um mich herum beginnt, zu verschwinden.

All die Abstürze der letzten Jahre?

Vergessen.

Jede Scheißträne, die ich vergossen habe?

Irrelevant.

Im Moment zählt nur diese Frau, die mich mit so viel Wärme im Blick ansieht, dass die Kälte völlig in den

Hintergrund tritt. Ihre von der Erde dreckigen Finger fahren über meinen Oberkörper, und als ich mich langsamer in sie schiebe, weiß ich, dass sie gleich kommt. Und es gibt kein besseres Gefühl, als ihr dabei zusehen zu dürfen. Ihre Atmung rast, meine explodiert. Sekunden später spüre ich das vertraute Zucken an meinem Schwanz, das wellenartig von ihrem Körper auf meinen übergeht. Nach zwei Stößen komme ich ebenfalls in ihr, spüre, wie das Zucken immer schwächer wird. Langsam sinke ich nach unten, achte aber darauf, ihre schmerzende Stelle nicht zu berühren. Ihr heißer Atem trifft auf meinen, und gerade, als ich sie küssen will, ertönt ein Poltern direkt neben uns.

»Verpisst euch sofort von meinem Grundstück!« Panisch sehen wir zu der kleinen Hütte neben dem See, von der ich bis jetzt ausging, dass es nur ein alter Bootsschuppen ist, und entdecken einen Kerl mittleren Alters. Seine Augen brennen vor Wut. Er trägt ein kariertes Hemd, eine Kappe auf dem Kopf und hat einen Bart, der dringend mal geschnitten werden müsste. Er sieht aus wie Dale aus *Tucker und Dale vs. Evil*. Mein Blick wandert über ihn, den fetten Bauch unter dem Hemd und dann zu dem, was er in der Hand hält.

Eine.

Verfickte.

Knarre.

Sofort habe ich Sky an mich gezogen, ihr aufgeholfen und mich vor sie gestellt. »Das hier ist unbefugtes Betreten, ihr Arschlöcher!«, brüllt er, und weil wir uns nicht rühren, lädt er die Knarre. Er droht uns nur, da bin ich mir sicher, aber ich will nichts riskieren. Langsam krame ich unsere Sachen zusammen. »Kannst du rennen?«, frage ich Sky hinter mir leise, die nur wortlos nickt. Im nächsten Moment packe ich sie bei der Hand und renne mit ihr in Richtung Wagen, das Fluchen des Typen lässt aber nicht nach. In Sekundenschnelle habe ich das Auto geöffnet, Sky auf den Beifahrersitz geschoben, ihr ihre Kleidung auf den Schoß gelegt, und bin zu meiner Seite gerannt.

»Verfluchte Teenager! Lasst euch noch einmal hier blicken und ich knall euch ab!« Der Mann klingt, als hätte er Kippen zum Abendessen gehabt. Als ich einsteige, kann ich aus unerfindlichen Gründen nicht aufhören, zu lachen, weil diese Situation so unfassbar skurril ist.

»Fuck.« Ich kriege mich gar nicht mehr ein und mein Zwerchfell schmerzt. Wann habe ich das letzte Mal Tränen gelacht? Ich stecke den Schlüssel ein und starte den Motor, um den Idioten hinter uns zu lassen. Mit quietschenden Reifen fahren wir los, zurück Richtung Hauptstraße.

Mein Puls rast immer noch und ich kriege das dämliche Grinsen einfach nicht weg. Das Nächste, was ich spüre, ist Skys Hand an meinem Knie. Sie hat sich wieder angezogen und beobachtet mich verträumt von der Seite. »Das habe ich am meisten vermisst.« Ihre Finger fahren Kreise über meinen Oberschenkel und mit jeder Berührung verfalle ich ihr mehr. Dem Gedanken, dass sie vielleicht recht hat und wir wie früher sein könnten. Oder besser … »Dein Lachen habe ich am meisten vermisst.« Sie kuschelt sich enger in den Sitz, während ich meinem Lächeln freien Lauf lasse. Scheiße, ja. Ich habe es auch vermisst.

SKYLAR

Gegenwart

Nachdem wir bereits drei Stunden nach unserem Verschwinden aus der Klinik die ersten Anrufe von unseren Familien und der Klinikleitung bekommen haben, entschieden wir uns dazu, die Nacht abseits der Route in einem Motel zu verbringen. Und noch jetzt habe ich ein Kribbeln im Bauch, weil es sich viel zu gut angefühlt hat, nach all der Zeit wieder neben Kaleb einzuschlafen. Die Intimität, die wir am See miteinander geteilt haben, hat alles zwischen uns verändert. Denn auch, wenn wir uns in der Klinik schon körperlich genauso nah waren, war Kaleb immer noch emotional Welten von mir entfernt. Jetzt sind wir kurz vor unserem Ziel und mein Magen fühlt sich an, als hätte ich ihm seit Tagen keine Nahrung mehr gegeben. Ein paar Chips von der Tankstelle halten mich wirklich nicht lange satt. Ich halte meine Hände schützend über ihn und kann nur hoffen, dass er nicht gleich vor Hunger losbrüllt wie ein Löwe. »Hast du noch so starke Schmerzen?« Kaleb bemerkt noch immer, wenn etwas nicht stimmt, und bevor er wieder auf die Idee kommt, mich in ein Krankenhaus bringen zu wollen, schreite ich ein. Das ist wirklich das Letzte, was ich jetzt gebrauchen kann. Vor allem nicht in Chicago.

»Wenn ich ehrlich sein soll, verhungere ich gerade.« Was nicht heißt, dass meine Rippen nicht immer noch bei jeder falschen Regung schmerzen, als hätte man sie mit Schleifpapier bearbeitet. Die Schmerztabletten aus der Apotheke regeln das für mich, so gut es eben ohne ärztliche Versorgung geht. Kalebs Schmunzeln lässt mich alles vergessen. Seine blauen Augen sind auf die Straße fokussiert, während ich nur ihn ansehen kann. Im Wagen riecht es nach Zitrone und wäre es draußen nicht so grau, könnte ich mich fast wie im Urlaub fühlen. Weit weg von Chicago. Weit weg von den Staaten. Gedanklich fahren wir durch die Straßen Kubas und steuern das Meer an.

»Gut, dass mein nächster Stopp schon geplant ist.« Kurz sieht er zu mir herüber, und als er mir ein Zwinkern zuwirft, das Eisberge schmelzen könnte, ist der Hunger vergessen. Das hier … er und ich … das hier fühlt sich an wie ein Neuanfang.

»Oh Gott, du kannst immer noch meine Gedanken lesen!« Würde es sich nicht anfühlen, als hätte mir jemand tonnenschwere Steine gegen die Rippen geschlagen, würde mich jetzt nichts mehr auf diesem Sitz halten. Kaleb parkt den Wagen direkt vor der Pizzeria, in der wir damals Stammgäste waren. Seit sich unsere Wege getrennt haben, war ich nie wieder hier und ich fühle den Anflug von Nostalgie in mir. Es hat sich einfach nicht richtig angefühlt, ohne ihn dort zu essen, also habe ich den Laden bis jetzt gemieden.

»Ich bin auch am Verhungern. Und was würde besser passen als die beste Pizza in der Stadt?« Wieder in Chicago zu sein, fühlt sich unwirklich an, obwohl ich nur wenige Tage von hier weg war. Dass es Kaleb genauso ergeht, erkenne ich an dem Schleier vor seinen Augen – diese düstere Grundstimmung, die ihn umgibt, seit wir das Eingangsschild hinter uns gelassen haben und wieder in unseren alten Leben sind. Er hat mir nicht erzählt, wie lange er und seine Familie schon in Fort Myers wohnen, aber allzu lang sicher noch nicht.

»Worauf warten wir dann noch?« Ich greife nach der Türklinke und will gerade aussteigen, als Kaleb sich zu mir herüberbeugt. Seine Hand greift an meine Wange und ich halte ganz still. »Darauf.« Und dann küsst er mich. Kurz, aber so stürmisch, dass mir das Wasser im Mund zusammenläuft, obwohl wir die Pizzeria noch nicht einmal betreten haben. Ich würde für diese Küsse den Rest meines Lebens auf Pizza verzichten. Seufzend lösen wir uns voneinander und steigen aus, dabei will ich viel lieber im Auto bleiben und den Kuss wiederholen. Immerhin haben wir einiges aufzuholen.

Im Laden selbst hat sich nichts verändert. Dieselben ziemlich hässlichen, grünen Vorhänge, die an Omas Stube erinnern, derselbe Parkettboden und selbst die Speisekarten auf den Tischen scheinen noch gleich zu sein. Hinter dem Tresen, an dem man seine Pizza-to-go bestellen kann, taucht Luciano auf, der den Laden schon leitet, seit sein Vater vor sechs Jahren verstorben ist. Er sieht immer noch aus wie damals, nur, dass seine wenigen Fusseln auf dem Kopf noch grauer geworden sind. Als er uns entdeckt, fällt ihm die Kinnlade herunter. Ungläubig schiebt er die Brille auf seiner Nase höher. Vermutlich erkennt er uns ohne gar nicht mehr, weil wir uns beide stark verändert haben.

»Ich werd nicht mehr!« Seinen dicken Bauch sieht man als Erstes, als er um den Tresen herumkommt und mich in seine Arme zieht. Er war damals schon wie ein zweiter Vater für mich und es fühlt sich an, als wäre kein Tag vergangen, seit wir uns das letzte Mal gesehen haben.

»Skylar und Kaleb.« Er begrüßt K. mit einem Handschlag und kratzt sich am Kopf. »Wie lange haben wir uns nicht mehr gesehen?« *Viel zu lange.*

»Ist schon eine Weile her«, antwortet Kaleb für uns. Luciano winkt uns durch den Laden und deutet auf die

Nische, in der wir immer unseren Stammtisch hatten. Auch hier sieht alles haargenau gleich aus. Schwarze, mit Stoff bezogene Bänke, Holztafeln, die die Nischen voneinander abschirmen, weiße Tischdecken mit roten Kreisen auf ihr, die aussehen wie von einem Kind gezeichnet.

»Setzt euch, Kinder. Wenn mich mein altes Gedächtnis nicht im Stich lässt, weiß ich sogar noch, was ihr bestellen wollt.« Er zündet eine Kerze auf dem Tisch an, was in diesem eher unromantischen Laden wirklich fehl am Platz wirkt, und stemmt die Hände in die ziemlich breiten Hüften.

»Für Kaleb eine Pizza mit Champignons und für dich eine Mozzarella-Pizza ohne Basilikum?« Wir beide nicken und können unser Dauergrinsen nicht verstecken. Jeder Blinde würde uns im Moment wahrscheinlich den Verliebtheitsstempel aufdrücken. Aber sind wir das? Wenn ich in seinen Armen liege oder seine Lippen auf meinen spüre, schreit mein ganzes Dasein laut Ja. Aber es gibt noch so viele unausgesprochene Dinge zwischen uns, die alles erneut kaputtmachen können, bevor wir wieder richtig zueinander finden konnten. Das schlechte Gewissen macht den Knoten in meinem Magen nicht gerade angenehmer.

»Genau richtig«, sagen wir beide synchron und sehen Luciano lachend hinterher, wie er singend in der Küche verschwindet, um unsere Pizzen zu machen. Ich sitze auf demselben Platz wie damals, die Sitzbank hat immer noch ein kleines Loch an der linken Seite, weil man hier früher drin rauchen durfte und Kaleb seine Zigarette hat fallen lassen. Das ist wohl der einzige Unterschied zu damals: Es stehen keine Aschenbecher mehr auf den Tischen und es riecht nicht wie in einer Kneipe.

»Meinst du, die Karte ist immer noch dieselbe?« Kaleb zieht sie aus dem Ständer zwischen uns und sieht mich intensiv an. »Sieh doch nach. Seite fünf, unten rechts.« Er schlägt die fünfte Seite auf, ich sehe, wie seine Augen nach unten in die rechte Ecke wandern und seine Mundwinkel zucken. Danach schiebt er sie zu mir herüber, ohne etwas zu sagen.

Es ist verrückt, dass ich sogar noch wusste, wie sich das Material der Karte an meinen Fingerspitzen angefühlt hat. Ich fahre über die Seite mit den Pasta-Angeboten und mein Lächeln wird breiter, als ich das Herz entdecke, das wir damals in einer Nacht- und Nebelaktion in die Karte geschrieben haben, nachdem wir die Morgenstunden im Regen verbracht haben. Das war unser Ritual.

»Weißt du noch, dass wir nach jeder Party so lange draußen campiert haben, bis Luciano geöffnet hat? Egal, welches Wetter wir hatten?«, schwelge ich in Erinnerungen und wünschte mir, es könnte immer so unbeschwert sein wie in diesem Moment mit Kaleb in dieser kleinen Nische. Hier fühlt es sich an, als gäbe es nur uns.

Hier gibt es keine Familie da draußen, die nach dir sucht und dir die Hölle heiß machen wird, wenn sie dich findet. Keine geprellten Rippen, keine Entzugskopfschmerzen und erst recht keine Gruppensitzungen.

»Ich erinnere mich an alles.« Kalebs Antwort hat einen bitteren Beigeschmack, weil seine Worte auch bedeuten, dass er sich an jedes Detail aus der Nacht erinnert, in der ich ihn versetzt habe.

Noch immer bin ich nicht mutig genug gewesen, mit der Sprache rauszurücken und die Zeit sitzt mir im Nacken. Aber nicht jetzt. Nicht jetzt, wo alles so schön ist und sogar eine verdammte Kerze zwischen uns brennt. Für ein paar Stunden will ich das hier genießen, als wäre es ein ganz normales Date unter jungen Leuten, die sich gerade erst kennengelernt haben. In gewisser Hinsicht fühlt es sich auch genauso an, obwohl ich Kaleb schon seit Jahren kenne.

»Glaubst du eigentlich, dass dieser Typ am See … dass er uns beobachtet hat?«, lenke ich ab. Noch jetzt schlägt mein Herz schnell, wenn ich an unseren Sex am Ufer des Sees denke. Kaleb lehnt sich locker zurück, legt den Arm über die Lehne der schwarzen Bank und zuckt mit den Schultern. Gott, er sieht verboten gut aus mit den wirren Haaren, dem leichten Bartschatten und den stechenden Augen, die einem bis in die Seele gucken können. Zumindest fühle ich mich unter seinen Blicken immer noch nackt.

»Vermutlich sind wir heute Nacht seine Wichsvorlage.« Bei der Vorstellung verziehe ich angewidert mein Gesicht, der Typ war wirklich gruselig. Ich fahre mit den Fingern über den Stoff der Couch und ziehe Kreise um das kleine Brandloch.

»Wann wollen wir unsere Telefone eigentlich wieder anstellen?« Nachdem wir mindestens zehn verpasste Anrufe von unseren Familien auf den Handys hatten, haben wir sie ausgemacht. Aber ich weiß, dass wir nicht ewig davonrennen können, immerhin sind wir schon seit einem Tag unterwegs und ich bekomme ein schlechtes Gewissen. Vor allem Anna gegenüber. Sie hat es am allerwenigsten verdient, so vor den Kopf gestoßen zu werden. Sie war immer mein größter Anker und ohne sie hätte ich die Zeit ohne den Mann vor mir sicher nicht so gut überstanden.

»Am liebsten gar nicht mehr, wenn es nach mir geht.« Kalebs Bruder lässt sicher schon Tote auferstehen, um ihn zu finden und es wird nicht allzu lange dauern, bis er Erfolg hat. Das hatte er immer. Luciano bringt uns unsere Pizzen auf riesigen Tellern und schenkt uns unaufgefordert zwei Limos aufs Haus ein. Dann wünscht er uns einen guten Appetit und lässt uns wieder allein, als hätte er geahnt, dass wir gerade ein wichtiges Thema zu besprechen haben. Der Duft nach der leckersten Tomatensoße der gesamten Staaten lässt mich beinahe sabbern. »Aber wir müssen mit ihnen reden. Oder?«

»Ja.« Kaleb beißt in das erste Stück und ich sehe, dass er den Himmel auf Erden schmecken kann. Ich schneide mir eine Ecke ab und spüre dasselbe Sekunden später.

So schmecken Erinnerungen.

So schmecken wir.

»Ich bringe dich nach dem Essen zu deinen Eltern. Aber erst müssen wir noch einen kleinen Abstecher machen.« Den Rest des Essens reden wir nicht mehr über die Dämonen, denen wir uns stellen müssen. Stattdessen genießen wir es einfach, wieder unbeschwert zu sein. Und, dass unser Herz immer noch auf Seite fünf in der rechten Ecke steht.

***

»Sieht nicht aus, als würde hier wieder jemand wohnen.« Das alte Haus der Nolans habe ich nur einmal betreten in der Nacht, als wir beschlossen haben, gemeinsam zu verschwinden. Heute sieht es aus wie eine halbe Ruine, die seit Jahren leer steht und nur noch für Obdachlose Unterschlupf bietet. Der Vorgarten gleicht einem Dschungel und das Unkraut kriecht aus den Fugen zwischen den Pflastersteinen der Einfahrt. Die Jugendlichen konnten es sich anscheinend nicht nehmen lassen, die graue Hauswand zu einer Leinwand für ihre Graffitis zu machen.

»Ich glaube auch nicht, dass man das Haus noch mal vermitteln konnte, als wir ausgezogen sind.« Er späht durch eines der Fenster auf der Frontseite und ich stelle mich dicht hinter ihn, weil ich seine Nähe zu sehr genieße. Nach zwei Jahren in Einsamkeit fühlt sich das hier wie Atmen an.

Es ist wieder dunkel draußen, weil wir so lange in der Pizzeria saßen und geredet haben, dass wir die Zeit vergessen haben. Wir sind jetzt bald vierundzwanzig Stunden weg und ich werde langsam paranoid. In jedem vorbeifahrenden Auto sehe ich die Cops, die uns abführen, weil wir einen Wagen geklaut haben und einfach verschwunden sind. Dicht gefolgt von der mahnenden Stimme meines Vaters und dem Schluchzen meiner Mutter, weil ich sie so enttäuscht habe. So, wie ich jeden einmal im Leben enttäusche. Anna wird auch nicht unbedingt begeistert sein, wenn ich plötzlich mit gepackter Tasche vor ihrem Wohnheim auftauche.

»Und was genau hast du vor?«

»Na, ich will da rein.« Kaleb sieht sich im Vorgarten um, hebt einen handgroßen Stein auf und zerschmettert damit die Scheibe. Sobald er hineingegriffen hat, öffnet er das Fenster von innen und lässt mir den Vortritt. Ein letztes Mal sehe ich mich in der wenig einladenden Wohngegend um, entdecke aber niemanden, der uns hätte sehen können. »Erst Diebstahl, jetzt Einbruch. Was kommt als Nächstes? Kidnapping?«, necke ich ihn, nehme seine Einladung jedoch an und klettere hinein. Als wir in dem Raum stehen, erkenne ich ihn sofort wieder. Das ist das Zimmer seines Bruders. Der Ort im Haus, in dem ich seinen Untergang eingeleitet habe, als ich ihm eine der Pillen bei unserem Kuss in den Mund geschoben habe. Dass er sie nur meinetwegen geschluckt hat, war mir früher nicht klar, jetzt dafür umso mehr. Kaleb war ein guter Junge, bis ich ihn verdorben habe.

Meine Eltern gingen bis zum Schluss davon aus, dass ich das brave Mädchen bin und dass er derjenige ist, der mich in die Dunkelheit gezogen hat. Es war ihnen egal, wie oft ich sie vom Gegenteil überzeugen wollte.

»Nach diesem Haus kräht kein Hahn mehr, Sky.« Er folgt mir, und sobald wir nebeneinander im Inneren des Hauses stehen, wird Kaleb ganz still. Der Raum ist leer, man kann nur an den etwas helleren Bereichen an der Tapete erahnen, wo die Möbel einst standen. Das Bett, der Schreibtisch und das Bücherregal. Irre, dass ich mich immer noch ganz genau an jedes Detail hier drin erinnern kann, als wäre es erst gestern gewesen.

Kaleb geht zur Mitte des Zimmers, kniet sich hin und entfernt die Diele aus dem Boden, unter der Phoenix seinen Vorrat hatte. Ich falle neben ihm auf die Fersen und runzle die Stirn, als ich sehe, dass da immer noch eine Tüte mit Pillen in dem Loch liegt. Hat sein Bruder etwa aufgehört, zu dealen? Kaleb holt sie heraus und betrachtet sie beinahe ehrfürchtig. Ich sage nichts, will ihm diesen Moment geben, aber als er schneller atmet und ich spüre, was der Anblick der Drogen mit ihm anstellt, lege ich meine Hand auf seinen Arm. Er zuckt sofort zusammen und ich spüre sein Zittern auf meiner Haut. Spüre, dass er gerade mit der größten Gefahr in seinem Leben konfrontiert wird. Dass sein Schicksal wortwörtlich in seinen Händen liegt.

»Tu das nicht.«

Er sieht mich nicht an, fokussiert weiterhin die bunten Teile in der durchsichtigen Verpackung, als wären sie der Heilige Gral, der all seine Probleme lösen kann.

»Was?«

»Wieder etwas nehmen, meine ich. Ich bin nicht mit dir hier, um wieder da zu landen, wo wir damals waren.« Ich sollte die letzte Person sein, die ihm eine Predigt hält. Aber es lief gerade so gut zwischen uns und ich will, dass es so bleibt. Um jeden Preis.

»Ich bin nicht hier, um was zu nehmen.« Sofort fällt eine tonnenschwere Last von meinen Schultern und ich fühle mich, als hätte ich ihn gerade wie den Tresor in einer Bank geknackt. Nur, dass es mir nicht um das Geld geht, was dahintersteckt.

»Gut.« Mehr sage ich nicht, und weil ich will, dass Kaleb sich auf etwas anderes als diese Pillen konzentriert, nehme ich sie ihm ab und feuere sie neben uns in die Ecke. Anschließend knie ich mich vor ihn und ziehe mir den Pullover aus. Sein Blick wandert sofort zu meinen blauen Rippen, aber er hält mich nicht von meinem Strip ab. Ich wiege meine Hüften leicht zurück und beiße mir auf die Unterlippe. Kaleb genießt die Show abwartend, aber in seinen Augen sehe ich die Leidenschaft, die wir letzte Nacht in dem Motel miteinander geteilt haben.

Wieder und wieder.

Als hätten wir nie damit aufgehört.

Als hätten wir nie aufgehört, uns zu lieben.

Uns Halt zu geben und die kaputte Welt ein bisschen bunter zu machen – ganz ohne Drogen.

»Ich will, dass du dich entspannst, Kaleb.« Als Antwort nickt er hypnotisiert, und als ich mich aufrichte und elegant aus meinen Jeans steige, fühle ich mich schöner als je zuvor. Kaleb muss mir nicht sagen, dass er mich schön findet, seine schneller werdende Atmung reicht völlig aus. Gepaart mit diesem Funkeln in seinen Augen, das mehr aussagt, als es Worte je könnten.

Seine Blicke waren schon immer so vielsagend, während ich zwanghaft versucht habe, die richtigen Worte zu finden.

Ich drehe mich für ihn im Kreis, und gerade, als ich aus meinem Slip steigen will, wird die Tür aufgerissen. Panisch will ich nach meinen Sachen greifen, als ich schon von jemandem gepackt werde. Drei Kerle tauchen im Raum auf – alle groß und breit gebaut, mit schwarzen Tüchern, die die Hälfte ihrer Gesichter verdecken. Wie kamen die hier rein? Wohnt hier etwa doch jemand? Gedanken rasen und wirbeln all die guten Erinnerungen an die Fahrt hierher durcheinander. Plötzlich nehme ich die Schmerzen meiner Rippen noch deutlicher wahr.

»Was zum Teufel soll das?« Kaleb will sich auf den stürzen, der mich von hinten packt, aber die zwei anderen kümmern sich um ihn und halten ihn mit Gewalt davon ab, mir zu helfen.

»Na, na, na. Einen Nolan hätte ich hier nicht so schnell wieder erwartet«, säuselt der Größte von ihnen, der Kaleb jetzt einen Hieb in die Rippen verpasst. Der Kerl hinter mir riecht an meinem Haar und presst sich eng an mich. In diesem Moment bereue ich es, nie einen BH zu tragen, er starrt mir über die Schulter genüsslich auf die Brüste. Seine Hände halten meine Arme auf dem Rücken gefangen und jede Berührung von ihm fühlt sich wie ätzende Säure auf meiner Haut an.

»Was wollt ihr von uns?«, knurrt Kaleb, der mich unentwegt ansieht. Zwei Kerle vergehen sich an ihm und er hat nur Augen für mich. *So war es schon immer. In den Augenblicken, die wir zusammen verbracht haben, gab es für ihn nur mich.*

»Dein Bruder. Phoenix? Was macht der eigentlich so?« Einer von beiden zückt ein Taschenmesser, das er

201

Kaleb jetzt an die Kehle drückt. Ich schließe wimmernd die Augen und versuche, nicht zu kotzen, weil ich den Schwanz des Kerls hinter mir an meinem Rücken spüre, und weil der Mensch, der mir so wichtig ist, mit einem Messer bedroht wird. Am liebsten würde ich das Messer nehmen und dem Monster hinter mir in den Schritt jagen, weil ihn meine Angst anmacht.

»Ich weiß nicht, was ihr wollt. Phoenix ist in Florida.«

»Und da liegt das Problem, Kleiner.« Der Blonde schlägt noch mal zu, dieses Mal direkt in den Magen, was ihm ein scharfes Zischen entlockt. Bei dem Anblick werden meine Schmerzen noch stärker.

»Dein Bruder hat nicht nur Freunde hinterlassen, sondern auch Feinde. Er dachte, er kann sich einfach aus dem Staub machen, obwohl er mir und meinen Jungs noch was schuldet. Aber wir treiben unsere Schulden immer ein, das hätte er wissen sollen. Hätte nur nicht so früh mit einem von eurer Sippe gerechnet.« Der Kerl hinter mir sieht sich um und kickt die Tüte mit den Pillen in Richtung seiner Freunde, als er sie entdeckt.

»Sieh mal einer an. Das ist schon mal eine kleine Anzahlung. Aber das wird nicht mal für einen Bruchteil reichen.«

»Was zur Hölle wollt ihr von mir? Phoenix ist nicht hier!« Die Adern an Kalebs Hals treten bedrohlich hervor und Tränen verschleiern mein Blickfeld. Ich will ihm sagen, dass wir hier lebend rauskommen, aber meine Kehle ist wie zugeschnürt. Ich kann nichts sagen, kann mich nicht mal rühren, weil sich bei jeder Bewegung der Schwanz dieses Typen dichter gegen mich drückt. »Dann solltest du jetzt schleunigst dafür sorgen, dass er seinen Arsch her bewegt. Und sag ihm, er soll genug Kohle mitbringen, wenn ihm noch etwas an seinem kleinen Junkiebruder liegt.«

Ein neuer Schlag, dieses Mal direkt in Kalebs Gesicht. Sekunden später rinnt Blut aus seinem Mund, so wie mir die Tränen über die Wangen laufen. Heiß. Brennend.

»Und damit du nicht auf die Idee kommst, uns zu verarschen, nehmen wir deine Kleine mit nach nebenan, bis er da ist.

Sie schreit förmlich nach Spaß.« Der Blonde starrt auf meinen nackten Oberkörper und gibt dem Kerl hinter mir ein Zeichen. Er zerrt mich zur Tür und achtet dabei perfide genau darauf, seinen Blick dabei nicht von meinen Brüsten zu lassen.

»Lasst sie in Ruhe!« Aber die Antwort darauf erhält Kaleb in Form eines weiteren Schlages, der ihn verstummen lässt. Tränen rinnen über meine Wangen, während ich abgeführt werde wie eine Verbrecherin. Mein Blick wandert zu dem Mann mit dem Messer, der Kalebs Taschen durchsucht, sein Handy herausholt und ihm in die Hand drückt. »Ruf deinen Bruder an. Dann sind wir hier schnell fertig.«

»Und wir zwei amüsieren uns jetzt.« Galle steigt in mir auf, als mich der Mann unsanft aus dem Raum zerrt, den Flur entlang geht und mich in dem offenen Bereich, der früher mal das Wohnzimmer der Nolans war, zu Boden stößt. Ich presse die Lider zusammen und kann nur hoffen. Hoffen, dass Kaleb seinen Bruder erreicht und Phoenix schneller hier ist, als wir es waren.

KALEB

Gegenwart

»Er geht nicht ran.« Meine Lippe ist geschwollen und das Sprechen fällt mir schwer. Wieso, um Himmels willen, geht er nicht ran, wo er mich schon seit Stunden am Telefon terrorisiert? *Ich brauche dich jetzt.*

»Dann versuchst du es noch mal. So lange, bis er rangeht.« Der Kerl vor mir zieht das Tuch von seinem Mund weg. Zum Vorschein kommen rissige Lippen, die ein ätzendes Grinsen umrahmen. Der Typ kommt bei den Frauen mit seinen braunen Augen vielleicht gut an, aber ich könnte bei seiner Visage nur eines: kotzen. Mein Magen dreht sich um einhundertachtzig Grad.

»Weißt du, dass eure Familie hier jeder schrecklich fand?« Er dreht das Messer in seiner Hand, als wäre es nur ein Stift, den man im Unterricht vor Langeweile durch seine Finger gleiten lässt. »Eure Hurenmutter war ja noch ganz scharf, wie sie im Club ihre Titten gezeigt hat, aber der Rest? Phoenix dachte, er könnte die Konkurrenz mit seinem Stoff ausstechen, dabei hatte sein Zeug nicht mal ansatzweise die Qualität, die meine Jungs und ich liefern konnten. Die kleinen Gören sind alle zu ihm gerannt, als hätte er Zucker in den Taschen.«

Weil mein Bruder besser ist, als du es je sein könntest. Das ist es, was ich sagen will, aber hier geht es nicht nur um mich, also beiße ich mir auf die Zunge und schlucke die Wahrheit herunter. Ich muss an Sky denken und daran, dass wir hier schnell wegkommen müssen. Meine große Klappe wird uns dabei nicht unbedingt weiterhelfen.

»Ich kann nichts für die Geschäfte meines Bruders«, presse ich unter Schmerzen hervor. Ich sehe den Kerl, seine ekeligen Zähne, die Klinge des Messers ... aber in meinen Gedanken sehe ich nur sie.

Anfangs habe ich sie schreien gehört, aber jetzt ist es seit einer Weile still, was mich schier um den Verstand bringt. Innerlich male ich mir die schlimmsten Szenarien aus und alle enden gleich. Wenn ihr jemand auch nur ein Haar gekrümmt hat ... Ehe ich weiter darüber nachdenken kann, schlägt mir der Typ ins Gesicht, was mich sofort wieder ins Hier und Jetzt katapultiert.

»Sieht nicht aus, als wärst du in Gedanken hier«, ermahnt er mich. »Wie auch immer. Phoenix ging mir auf den Sack. Dein schwuler Bruder sowieso -«

»Halt dein verdammtes Maul!« Jedes Mal, wenn Kade mit blauen Flecken und Wunden heimkam, weil ihn homophobe Schweine verprügelt haben, hat sich dieser Hass in mir aufgebaut. Jedes Mal wollte ich diese Menschen bluten sehen, weil sie sein Leben schwer gemacht haben. Schwerer, als es ohnehin schon immer war. Jetzt hätte ich die Chance, es einem von ihnen heimzuzahlen und sitze stattdessen mit gefesselten Armen in dem alten Kinderzimmer meines Bruders, der immer noch nicht zurückgerufen hat. Dabei rennt uns die Zeit davon.

»Sensibles Thema, hm?« Er lacht mich aus und ich würde gern das Messer nehmen und ihm zwischen die Schneidezähne rammen. Er nimmt mein Handy vom Boden und wählt erneut Phoenix' Nummer. Es klingelt, und als er schließlich annimmt, war ich noch nie so froh, seine Stimme zu hören. Der Kerl stellt auf laut, weil ich das Handy nicht selbst halten kann und er mithören will.

»Kaleb? Wo zur Hölle bist du?« Er klingt nicht wütend, sondern einfach nur erleichtert, weil es der erste Kontakt seit meinem Verschwinden aus der Klinik ist. Kaum auszumalen, durch welche Hölle ich sie die letzten Stunden geschickt habe. Ihn, Mom, Summer … Weil ich dachte, dass es am einfachsten wäre, abzuhauen. Wieder einmal. Und wieder einmal wurde mir brutal der Glauben daran entrissen.

»Phoe«, krächze ich. Ob er hört, wie ernst es ist? Dass ich in Gefahr bin, weil er sich damals mit den falschen Leuten angelegt hat?

207

»Ich bin in unserem alten Haus«, murmle ich eilig, weil der Kerl mit dem Messer ungeduldig wird und ich nur ein Ziel habe: Sky hier rauszuholen, bevor ihr etwas zustoßen kann. Phoenix' Atem geht schwer, so, als würde er rennen. Wo steckt er bloß?

»Bleib da. Ich hole dich ab.« Bevor ich ihm sagen kann, was hier vor sich geht und dass diese Kerle uns hier festhalten und Waffen haben, legt der Typ mit den blonden Haaren auf. Er schiebt das Handy in seine Tasche und klopft mir fast stolz auf die Schulter.

»Geht doch. Dann warten wir jetzt auf den Showdown.« Er steht auf und lässt mich im Raum zurück. Als er die Tür öffnet, höre ich Stimmen. Nur ihre … ihre höre ich nicht mehr.

***

Keine Ahnung, wie viel Zeit vergangen ist, aber eindeutig zu viel. Wenn Phoenix zum Zeitpunkt des Telefonates noch in Florida war, kann es mehrere Stunden dauern, bis er hier ist. Selbst, wenn er einen Flieger nehmen sollte. Stunden, die wir nicht haben. Als ich herkommen wollte, war das hier sicher nicht mein Plan und ich bereue es, dass ich Sky nicht einfach zu ihren Eltern gefahren habe, nachdem wir die Pizzeria verlassen haben. Sie könnte jetzt in ihrem alten Kinderzimmer liegen und schlafen, stattdessen haben sie diese Wichser in ihrer Gewalt, weil sie durch mich an Phoe heranwollen. »Dein Bruder war echt schon mal zuverlässiger.« Der Mann, der mich wie einen Babysitter betreut, starrt auf seine billige Armbanduhr und wird immer ungeduldiger. »Und vor allem schneller.«

»Er wird gleich hier sein«, sage ich überzeugter, als ich es bin. Normalerweise bin ich kein Mensch, der optimistisch denkt, aber heute habe ich gar keine andere Wahl. Das erste Mal seit Jahren wünschte ich mir, Phoe würde mich schnell finden und nach Hause bringen. Früher habe ich ihn jedes Mal verflucht, wenn er mir nachts gefolgt ist oder mich von einer Party wie ein Kind abgeholt hat. Heute nicht. In dieser Sekunde fühlt sich das Haus in Fort Myers wie ein Paradies an. Während dieses hier die Hölle ist. Etwas, das ich leider erst erkennen konnte, als ich wieder in diesen vier Wänden stand, die so viel Terror in sich tragen, dass es für die halbe Stadt reicht.

»Das hoffe ich für dich. Ich kann meine Jungs vielleicht zeitweise in Schach halten, aber deine kleine Freundin ist wirklich, wirklich scharf. Keine Ahnung, wie lange ich sie noch davon abhalten kann, sich zu nehmen, was sie wollen.« Galle steigt in mir auf und ich würde dem Kerl gern vor die Schuhe kotzen und sein Gesicht damit schmücken, nachdem ich ihm die Gedanken an Sky aus dem Hirn geprügelt hätte. Ich war nie ein gewaltsamer Mensch, weil ich nie so werden wollte wie unser Stiefvater, nachdem unser kleiner

Bruder Jamie starb. Aber dieses Gesocks hat nichts anderes verdient als Schmerzen.

»Wenn sie ihr wehtun, töte ich euch.« Die Antwort auf meine ernst gemeinte Drohung besteht aus einem tiefen Lachen. Er sieht nach draußen in den Garten und anschließend kommt er auf mich zu, um sich vor mich zu knien. Mit den Mundtüchern und den schwarzen Hoodies sehen sie aus wie eine billige Gang, die nachts Fusel aus Tankstellen klaut.

»Ach ja? Tust du das? Und wie gedenkst du, das anzustellen? Willst du uns mit deinen gefesselten Junkiehänden erdrosseln?« Er genießt die Macht, die er über mich hat, während ich einen Blick auf seine Uhr werfe. Das Telefonat ist erst zwei Stunden her. Zwei Stunden, die sich wie Tage angefühlt haben. Zwei Stunden, in denen sie Sky viel zu viel angetan haben könnten. Zwei Stunden können reichen, um jemanden zu brechen.

Er legt die Klinge des Messers an meinen Mundwinkel und drückt so fest zu, dass ich spüre, wie sie meine Lippe seitlich aufschlitzt. Mit Punkten vor den Augen wandert mein Blick zum Fenster, und als ich blaue Augen entdecke, die sich das erste Mal wie mein Zuhause anfühlen, könnte ich kaum erleichterter sein. Phoenix steht davor und legt einen Finger vor den Mund als Zeichen, dass ich ruhig sein soll. Ich nutze die Chance, um den Kerl vor mir abzulenken, damit mein Bruder durch das kaputte Fenster reinkommen kann, ohne sofort von ihm bemerkt zu werden. »Mir fallen sicher einige Arten ein, wie ich euch das heimzahlen kann. Ich bin vielleicht der Jüngste, aber bei Weitem nicht der harmloseste Nolan.« Meine Worte lassen ihn nur den Kopf schütteln, und gerade, als er aufstehen will, hält Phoe ihm den Lauf einer Knarre an den Hinterkopf.

»Messer fallen lassen.« Gott, habe ich mich jemals so über seine Stimme gefreut? Der Kerl lässt das Messer fallen, Phoenix packt ihn am Kragen des Hoodies und zerrt ihn von mir weg. Anschließend stößt er ihn gegen die Wand neben der Tür.

»Na sieh mal einer an. Auf dich haben wir gewartet.« Ich versuche, mich weiter aus den Fesseln zu befreien, aber ich bin machtlos und kann nur aus der ersten Reihe zusehen, wie mein Bruder die Knarre auf ihn richtet. Wo er die herhat? Ich habe noch nie eine in seinem Besitz gesehen. Wieder wird mir klar, dass ich meinen Bruder eigentlich kaum noch kenne.

»Echt?« Phoenix spielt den Entsetzten, als er die Waffe lädt und dem Kerl, ohne mit der Wimper zu zucken, in den rechten Knöchel schießt. Sein Schrei ist so spitz, dass es fast mein Trommelfell zerreißt.

»Ich glaube, darauf hast du sicher nicht gewartet. Was dachtest du? Dass du meinen Bruder hier festhalten kannst und ich mit 'nem Haufen Kohle herkomme und dir dein erbärmliches Leben finanziere?«, spottet mein Bruder. Und immer noch kann ich nur an Sky denken und daran, dass da draußen zwei von ihnen sind und sie in ihrer Gewalt haben. Der Schuss wird sie ohnehin gleich herlocken und mit zweien kann er es allein nicht aufnehmen, auch wenn er stark ist.

»Ich schulde dir gar nichts, Vincent. Rein. Gar. Nichts.« Phoenix tritt gegen den verletzten Knöchel, unter dem sich eine kleine Lache aus Blut bildet, kommt dann auf mich zu und nutzt das Messer dieses Wichsers, um mich loszuschneiden.

»Danke«, flüstere ich und würde ihm im Moment am liebsten um den Hals fallen. Phoes Blick ist starr und ich bin mir sicher, dass ich mir später die Predigt meines Lebens anhören kann, aber dafür haben wir momentan keine Zeit und das weiß er auch.

»Da draußen sind noch zwei von ihnen und sie haben Sky.«

»Ich weiß. Aber keine Sorge.« Er zieht einen Mundwinkel in die Höhe und hilft mir auf. »Raven hat sich sicher schon gut um die beiden gekümmert.« Raven ist auch hier? Mein ganzer Körper glüht vor Schmerzen und das erste Mal kommen sie nicht von meinem Entzug. Seit diese Kerle hier aufgetaucht sind, habe ich kein einziges Mal daran gedacht, dass ich dieses Zeug brauche. Das erste Mal seit Wochen fühle ich mich … clean. Und das, obwohl die Pillen hier in diesem Haus liegen und viel greifbarer sind als in den letzten Wochen in Gefangenschaft.

Ich folge Phoenix aus dem Raum in den Flur und entdecke Raven im Wohnzimmer. Einer von den beiden Wichsern liegt jammernd am Boden, der andere hält abwehrend die Hände in die Luft und versteckt sich hinter dem alten Küchentisch, den wir hier zurückgelassen haben.

Raven hat keine Waffe, und jeder, der ihn kennt, weiß auch, wieso. Er braucht keine Knarren. *Er ist die Waffe.* Ohne auf jemanden zu achten, stürme ich in den offenen Bereich neben der Küche und entdecke Sky am Boden. Sie trägt immer noch ihren Slip, was mir Hoffnung macht. Vielleicht haben sie ihr noch nichts angetan … *vielleicht wird mir mein Optimismus aber auch mein Genick brechen.*

»Sky.« Ich falle neben ihr auf die Knie, doch als ich erwarte, ihr in die Augen zu sehen, sind sie geschlossen. Ihr Mund ist leicht geöffnet, aber sie sagt nichts. Ich beuge mich zu ihr herunter, spüre ihren kalten Atem an meiner Haut, aber sie rührt sich nicht.

»Sie ist bewusstlos!«, rufe ich meinen Brüdern zu, von denen Raven direkt bei mir ist. Er hilft mir, Sky aufzusetzen, aber ihre Lider bleiben geschlossen und ich beginne, zu zittern. Was, wenn sie ihr doch etwas angetan haben? Der Hass in mir wird immer heftiger.

»Hey, Sky.« Ich ziehe sie an mich, mein Blick wandert zu ihren blauen Flecken und ich könnte mir eine Kugel verpassen, weil ich sie überhaupt erst in diese Gefahr gebracht habe. Ohne mich würde sie jetzt in der Klinik in ihrem Bett liegen oder mit ihrer Schwester telefonieren. »Wir müssen sie in ein Krankenhaus bringen.« Es ist Phoenix, der uns das Zeichen gibt, dass wir verschwinden sollen. »Raven, bring sie hin. Ich kümmere mich derweil um das Chaos hier.« Und mit Chaos meint er den blutenden Kerl in seinem alten Zimmer und dem wimmernden Etwas neben uns.

Ob Raven ihm etwas gebrochen hat? Vermutlich nur ein paar Finger. Wenn es nach mir gegangen wäre, hätte er ihm auch das Genick brechen können. Ich streife mir meinen Pullover ab und ziehe ihn ihr über.

»Okay, komm, Kaleb. Wir bringen sie weg.« Gemeinsam tragen wir Skylar nach draußen, hin zu Phoes Wagen. Moment mal – sie sind mit dem Wagen hier? Sie mussten schon fast in Chicago gewesen sein, als ich ihn anrief. Raven öffnet das Auto und ich lege Sky auf die Rücksitzbank. Danach schiebe ich mich neben sie und fahre mit den Fingern zu ihrem Handgelenk.

Sie hat immer noch einen ruhigen Puls. Und trotzdem hatte ich noch nie so große Angst wie in diesem Moment. Sky verzieht das Gesicht, presst sich eng an mich und krallt sich an meinem Pulli fest. »Kein Krankenhaus«, krächzt sie. Sekunden später ist sie wieder weggetreten.

***

Das Krankenhaus ist viel zu laut und viel zu voll, als wir ankommen. Überall sitzen Verletzte und Besoffene, die sich betrunken auf die Fresse gepackt haben. Raven trägt Sky durch den Flur, als würde sie nichts wiegen, und als uns ein Arzt in einen der Behandlungsräume führt, wird mir schlecht von dem Geruch nach Desinfektionsmitteln. Ich habe diese Kulisse schon immer gehasst.

»Warten Sie bitte vorn in dem Bereich vor der Station. Sobald wir Genaueres wissen, werden wir Ihnen Bescheid geben.« Eine der Schwestern begleitet uns nach draußen, nachdem wir ihr gesagt haben, was wir wissen. Mit gesenktem Kopf folge ich meinem Bruder, der mich aufmunternd ansieht, aber es ist zwecklos. Sky steckt nur hier drin, weil ich die idiotische Idee hatte, abzuhauen.

Und weil ich zugelassen habe, dass sie mitkommt. Mir hätte von Anfang an klar sein müssen, dass es gefährlich sein würde, hierher zurückzukommen.

»Hey, das wird alles wieder. Sie war nur bewusstlos. Vielleicht haben die Kerle ihr K.-o.-Tropfen verabreicht.« Auch wenn es sich makaber anhört, wünschte ich, dass es so wäre. Das würde bedeuten, dass sie nur schläft und es ihr nachher wieder besser geht. Ich sehe meinen Bruder an und erkenne einen Glanz in seinen Augen. Wir haben erst vor Kurzem erfahren, dass seiner Freundin damals etwas noch viel

Schlimmeres zugestoßen ist. Und immer noch frage ich mich, wie er es geschafft hat, nicht völlig unterzugehen, nach allem, was er durchgemacht hat. »Du solltest zurück zu Phoenix gehen. Die Kerle waren echt nicht ohne. Wer weiß, wie viele von denen dazugehören.« Raven legt seine Hand an meine Schulter, will etwas sagen, behält es aber für sich. Er weiß, dass er mir hier nicht helfen kann und dass unser Bruder ihn gerade mehr braucht als ich ihn.

»Wenn etwas ist, ruf einen von uns an. Wenn wir da fertig sind, kommen wir her.« Ich nicke, lasse mich auf einen der Stühle fallen und sehe meinem Bruder hinterher, wie er mit schnellen Schritten das Krankenhaus verlässt.

KALEB

Gegenwart

Ich erinnere mich daran, dass ich schon mal in diesem Krankenhaus war. Das erste Mal, als Jamie sich beim Fußball einen Arm gebrochen hat. Die ganze Familie hat hier in diesem Gebäude gesessen, weil sich jeder von uns tierische Sorgen um ihn gemacht hat. Dabei war es damals nur eine harmlose Verletzung, die nach ein paar Wochen ausgestanden war. Jamie war sogar unfassbar stolz auf den Gips, aber bei den Nolans ging immer eine Welt unter, wenn es einem von uns schlecht ging. Das zweite und letzte Mal war, als Mom einen Absturz hatte, mit dem Phoe allein nicht mehr klarkam, kurz nachdem mein Stiefvater uns verlassen hatte. Jetzt sitze ich alleine hier und das erste Mal seit Langem wünschte ich mir, nicht allein zu sein. Immer wieder starre ich auf die Uhr. Die Zeit rennt an mir vorbei, ohne dass mir jemand sagt, was mit Sky nicht stimmt oder wann ich zu ihr kann. Wann habe ich sie das letzte Mal im Arm gehalten? Es kommt mir wie ein Leben her vor und dabei fühlt es sich mit ihr in meinem Arm an, als würde es für immer halten.

Es ist schon fast Mitternacht, als es hektisch um mich herum wird. Eine Schwester kommt auf mich zu, gefolgt von drei Leuten. Ich richte mich auf, spähe an ihr vorbei und sehe als Erstes in das Gesicht von Skylars Mutter. Auch wenn ich ihr nur einmal gegenüberstand, erinnere ich mich noch bestens an ihr Gesicht. Sie sieht deutlich älter aus. Ein Mann, der optisch der Bruder von George Clooney sein könnte, hält ihre Hand. Vermutlich ihr Vater.

Und an letzter Stelle ist Anna, sie kenne ich von einigen Fotos. Außerdem sieht sie Sky so ähnlich, dass man sie glatt für Zwillinge halten könnte. Sie hat dieselben blonden Haare, dieselben funkelnden Augen und selbst ihre Lippen haben dieselbe Herzform. Lediglich ihre Nase ist anders geschwungen als Skys. Panik liegt auf allen Gesichtern, während die Krankenschwester versucht, Licht ins Dunkel zu bringen. Ich sauge jede Information in mir auf, die ich kriegen kann, immerhin hat man mir bis jetzt noch nicht einmal einen Brotkrümel hingeworfen.

»Ihre Rippen sind geprellt, aber wir haben ihr Schmerzmittel gegeben, sodass sie damit erst mal keine Probleme haben sollte. Später werden wir sie noch röntgen, aber dafür muss sie erst wieder bei vollem

Bewusstsein sein. Wir vermuten, dass ihr K.-o.-Tropfen verabreicht wurden und sie deshalb bewusstlos war, als sie ankam. Wir warten aber noch auf die Blutergebnisse.« Sofort plagt mich wieder das schlechte Gewissen, weil sie nur meinetwegen gegen die Mauer geknallt ist und nur meinetwegen von diesen Typen festgehalten wurde.

Ich taumle nach oben, meine Beine fühlen sich an wie Pudding, und als mich Skys Familie entdeckt, entweicht den Eltern die Farbe aus den Gesichtern. Ihre Mutter sieht aus, als würde sie mir gleich ihre Handtasche entgegenfeuern oder mich direkt in den Boden stampfen wollen. Anscheinend hat es nicht lange gedauert, bis sie mich wiedererkannt hat. Und was sie von mir hält, sieht jeder Blinde.

»Was hast du mit ihr gemacht?« Mein Mund klappt auf, aber ich kriege kein Wort heraus. Das zweite Treffen mit Skys Mutter läuft genauso schrecklich wie mein erstes, wenn nicht sogar noch schlimmer.

»Mom, beruhige dich. Du weißt doch gar nicht, was passiert ist. Lass uns erst mit Sky reden.« Anna lächelt mich müde an und sofort weiß ich, was Sky so an ihrer Schwester liebt. Ihr Lächeln ist herzlicher als das der meisten Menschen, die ich kenne.

»Beruhigen?«, fragt die Mutter hysterisch. »Du weißt doch, was damals war, Anna! Dieser Junge hat Sky schon damals in den Abgrund gezogen. Und jetzt? Jetzt, wo sie nach allem, was sie durchgemacht hat, wieder halbwegs auf den Beinen steht, taucht er wieder auf und haut mit ihr ab! Wir haben ihr die beste Klinik besorgt und sie ist einfach mit ihm verschwunden!« Sie beginnt, zu schluchzen und fast tut sie mir leid, wenn ihre Worte nicht so absurd wären, dass sie mich wütend machen. Nicht ich habe sie dazu gebracht, Drogen zu nehmen, sondern sie mich.

»Was hat Sky denn durchgemacht?«, schieße ich dazwischen. Soweit ich mich erinnere, hat sie mich einfach aus ihrem Leben radiert wie einen verdammten Bleistiftstrich. Ihr Vater versucht, seine Frau zu beruhigen, aber es hat keinen Zweck, sie baut sich vor mir auf, obwohl sie sicher zwei Köpfe kleiner als ich ist.

»Ich warne dich – sollte unsere Tochter deinetwegen vergessen haben, ihre Medikamente zu nehmen, weil du ihr wieder den Kopf verdreht hast, dann wirst du dafür bezahlen!« Meine Gedanken rasen und mein Mund wird trocken. Ich habe während der gesamten Fahrt nicht mitbekommen, dass Sky etwas genommen hat. Was sollte sie auch genommen haben? Weder sie noch ich haben in der Klinik etwas verordnet bekommen.

»Welche Medikamente?«, hake ich nach, erhalte aber keine Antwort mehr, als ein Arzt aus dem Behandlungsraum kommt und sich zu uns stellt.

»Vivianna.« Er nimmt Skys Mutter in den Arm, als würden sie sich ein Leben lang kennen, und begrüßt den Vater mit einem festen Handschlag. »Sie ist noch nicht ganz bei Bewusstsein, aber ihr zwei könnt rein.

Anna – gehst du danach rein? Wenn sie alle auf einmal besuchen, könnte es etwas viel sein.« Ihre Schwester nickt schmallippig und dann verschwinden die drei im Zimmer, während ich mit Anna alleine im Wartebereich zurückbleibe. Sie sieht mich an und deutet in Richtung Ausgang neben uns.

»Wollen wir ein bisschen gehen?«

Ich nicke, auch wenn ich am liebsten in dieses Zimmer stürmen würde, um den Arzt zu fragen, was das alles zu bedeuten hat. Was hier eigentlich vor sich geht und was diese Typen mit ihr gemacht haben, während sie bewusstlos war und ich ihr nicht helfen konnte. Gemeinsam gehen wir nach draußen in den Garten, in dem um diese Uhrzeit, bis auf zwei Schwestern, die in ihrer Pause rauchen, niemand mehr unterwegs ist.

»Welche Medikamente meinte eure Mutter eben?« Auch wenn ich Anna gerade zum ersten Mal sehe, fühlt es sich bei ihr an, als würden wir uns schon Ewigkeiten kennen. Vielleicht liegt es an der wahnsinnigen Ähnlichkeit zwischen den beiden, vielleicht aber auch an den zahlreichen Geschichten, die Sky mir von ihr erzählt hat. Sky war immer hin und weg von ihrer großen Schwester und allein deshalb mag ich sie.

»Das ist eine lange Geschichte.« Sie schlingt ihre schwarze Strickjacke enger um ihren Körper und wirkt nervös. Was zur Hölle geht hier eigentlich vor sich? Alle benehmen sich seltsam und ich bin mal wieder der

Einzige, der nicht durchblickt. »Ich habe Zeit.« Sie sieht mich noch einen Augenblick lang an, bevor sie mit der Sprache rausrückt. »Ich weiß, dass ihr damals zusammen abhauen wolltet. Ich habe sie sogar beim Packen erwischt. Ihr wolltet das echt durchziehen, oder?« Die Erinnerung an den Abend schnürt immer noch meine Kehle zusammen. Ich erinnere mich daran, wie aufgeregt ich im Park auf sie gewartet habe. Ich hatte sogar schon die Tickets für den Zug online gekauft, damit alles schneller ging, wenn sie da wäre. Damit ich sie mir schnappen und dahin bringen könnte, wo wir uns keine Gedanken mehr machen müssten. An die Küste. Ich wollte ihr das Meer zeigen, weil sie sich nichts sehnlicher gewünscht hat.

»Dazu ist es ja offensichtlich nie gekommen.«

Weil sie mich im Stich gelassen hat, nachdem ich alles für sie riskiert habe. Nachdem ich meinen Bruder bestohlen, sein Zeug verkauft und das erste Mal selbst Drogen genommen habe, hat sie mich einfach fallen lassen. Im Grunde genommen hat sie meinen Untergang eingeleitet, und als ich sie am meisten brauchte, war sie nicht mehr für mich da.

»Ich weiß auch von dem Geld, das du ihr beschafft hast.« Wir schlendern weiter durch die Anlage hinter dem Krankenhaus, es ist verdammt kalt geworden und ich weiß nicht, ob mein Zittern daher kommt oder durch die Angst um Sky. Vermutlich eine Mischung aus beidem, dabei war ich froh, dass das Zittern vom

Entzug endlich aufgehört hatte. »Dass sie sich unter den Nagel gerissen hat, bevor sie mich abserviert hat.«

»Das ist es, was du glaubst?« Anna runzelt die Stirn. »Ich meine - *wirklich* - glaubst? Du kennst Sky doch. Würde sie dir so was antun? Würde sie irgendwem so etwas antun?«

Nein.

Das hätte die Sky, die ich geliebt habe, nie getan.

Aber an diesem Tag habe ich gelernt, dass Menschen sich ändern können. Oft nicht zum Positiven. Ich zucke mit den Schultern, und als Anna sich auf eine Bank setzt, nehme ich neben ihr Platz. Meine Gedanken wandern die ganze Zeit zu ihr, zu dem Anblick von ihr auf dem nackten Boden unseres alten Hauses. Und daran, was hätte passieren können, wenn Raven und Phoe nicht so schnell gekommen wären, um uns da rauszuholen.

Wir saßen nur wenige Stunden dort fest, aber manche Stunden fühlen sich an wie Ewigkeiten. Manche Kicks gingen nur kurz, waren dafür aber umso intensiver. Andere fühlten sich wie eine endlose Hölle an. Sky in dieser Verfassung zu sehen, war wie ein endloser Horrortrip. Irgendwie hat es mich an die Nächte erinnert, in denen Mom am Boden lag, während Joseph auf sie eingeprügelt hat. Meistens hat Phoenix mich davon ferngehalten, aber manchmal war er in die Eskapaden verwickelt und so musste ich alles mit ansehen.

»Hat sie dir gesagt, wofür das Geld war?« Ihre Schwester spricht die ganze Zeit in Rätseln und am liebsten würde ich sie anschreien, damit sie damit aufhört. Mein Kopf ist heute wirklich nicht mehr aufnahmefähig genug, um sie zu entziffern.

»Dass du Probleme mit so einem Kerl hattest. Miles? Dass du ihm Geld geschuldet und Angst hattest, er könnte dir und deiner Familie was antun, wenn du das Geld nicht schnell besorgst.« Sie presst ihre Lippen aufeinander und meidet den Blickkontakt zu mir, als hätte sie Angst, ich könnte ihre Gedanken lesen, wenn sie mir in die Augen sieht.

»Das ist es, was Sky dir erzählt hat. Aber in Wahrheit war Miles damals mein Freund und ich hatte ganz sicher keine Angst vor ihm. Ich hatte keine Schulden bei ihm oder sonst jemandem. Es ging gar nicht um mich. Das ging es nie.«

»Und wofür war das Geld sonst?« Einige Autos fahren auf den Parkplatz des Krankenhauses, während der Wind immer beißender wird. Das Wetter erinnert mich daran, dass wir nicht mehr in Fort Myers sind.

»Das Geld hat Sky für unsere Eltern gebraucht.« Sie zögert und ich weiß, dass sie mir gleich den Boden unter den Füßen wegreißen wird. Dabei war ich gerade erst dabei, wieder einigermaßen klarzukommen. Sie dreht sich in meine Richtung und schluckt schwer.

Der Glanz in ihren Augen verspricht nichts Gutes. Der Knoten in meinem Magen wird mit einem Ruck fester zugezogen, sodass ich kaum noch atmen kann.

»Sky war krank, Kaleb.« Ihre Stimme röchelt. »Vor etwas über zwei Jahren wurde bei ihr ein Tumor im Magen gefunden, der bösartig war.« Alles dreht sich, und würde ich nicht auf dieser Bank sitzen und mich an dem Holz festkrallen wie ein Ertrinkender, würde ich vermutlich untergehen.

»Was?« Ich kriege kaum Buchstaben heraus. Kann meine Gedanken kaum lenken oder greifen. Das alles ergibt keinen Sinn. Ihre Worte sind absurd. Absurder als all die Albträume, die ich jede Nacht ohne Sky hatte.

»Sie hat dir nie davon erzählt, das weiß ich. Aber so war es. Die Ärzte wussten anfangs nicht, wie sie meine Schwester am besten behandeln können, weil er an einer verdammt beschissenen Stelle lag und eine Operation ziemlich gefährlich gewesen wäre. Irgendwann haben unsere Eltern dann einen Arzt gefunden, der bessere Techniken hatte und uns versprochen hat, dass er das hinkriegen würde. Leider wurden die Kosten von niemandem getragen, also haben meine Eltern einen Kredit aufgenommen, den sie sich eigentlich nicht leisten konnten.« Anna legt eine Pause ein, während ich spüre, wie sich meine Augen mit Tränen füllen.

Sky … meine Sky?

Das kann unmöglich wahr sein.

Sie kann unmöglich von dem Mädchen reden, das gestern mit mir Sex am Ufer dieses Sees hatte. Das Mädchen, das immer so unbeschwert war, dass mir ihr Mut manchmal Angst gemacht hat. Ich hätte mitbekommen, wenn mein Mädchen krank gewesen wäre. Alles andere würde ich mir niemals verzeihen. Doch dann denke ich daran, wie vertraut der Arzt mit ihnen umgegangen ist und sacke in mich zusammen. Denke an die Narbe unter ihren Brüsten, die mir zwar aufgefallen ist, die ich aber nicht hinterfragt habe, weil mich meine Wut zu sehr im Griff hatte.

»Und das Geld brauchte sie um -«

»- meinen Eltern dabei zu helfen, die Raten zu bezahlen. Wenn sie damals nicht schnell operiert worden wäre, wäre sie heute vielleicht nicht mehr am Leben.«

Ich schmecke Galle auf meiner Zunge und fühle mich in die ersten Tage in der Klinik zurückversetzt, als dieser saure Geschmack mein stetiger Begleiter war, weil sich mein Körper nach dem Zeug gesehnt hat. In diesem Moment kommt es mir vor, als hätte ich seit Jahren keine Drogen mehr in meinem Organismus gehabt. Es wäre gelogen, wenn ich sage, dass ich es nicht vermisse, mich zu betäuben.

»Aber trotzdem war Sky so stur und wollte mit dir abhauen, noch bevor sie den Termin hatte. Sie hat immer wieder gesagt, dass sie keine Lust hat, danach eine Chemo nach der anderen zu bekommen. Und dann hat Mom diese Pillen in ihrer Jeans gefunden. Sie hat eins und eins zusammengezählt und dir quasi für alles Schlechte die Schuld gegeben. Dafür, dass sie Drogen nimmt. Dafür, dass sie die Operation plötzlich nicht mehr wollte, obwohl meine Eltern alles dafür getan haben, diesen Arzt für sie zu finden.«

Wieder stecken Worte in meinem Hals fest, die ich nicht rauskriege. Anna legt ihre Hand in meine und ich kralle mich an ihr fest, als wäre sie mein einziger Halt. Was im Moment der traurigen Wahrheit gleichkommt, denn außer ihr habe ich gerade niemanden.

»Ich weiß, dass du ihr die Pillen nicht gegeben hast. Sie hat mir immer alles erzählt. Aber meine Eltern wollten nicht wahrhaben, dass ihr unschuldiges Mädchen von sich aus Drogen nimmt. Also haben sie einen Sündenbock gesucht.«

»Und den Kontakt zu mir unterbunden«, schlussfolgere ich. Anna nickt.

»Ja. Sky wollte nie, dass du denkst, sie hätte dich einfach sitzen lassen. Aber so lieb unsere Eltern sein können, so hart sind sie bisweilen. Wenn sie dich weiterhin getroffen hätte, hätten sie sogar einen Umzug durchs halbe Land in Kauf genommen.«

»Aber was ist jetzt mit Sky? Ist sie nicht gesund?« Mein Herz klopft unfassbar schnell in meiner Brust, und unter normalen Umständen würde ich jetzt eine Kippe anzünden, aber ich habe keine bei mir und muss mit den Gefühlen in mir ganz ohne Ablenkung klarkommen.

»Die Operation lief ziemlich gut, sie konnten das Gewebe entfernen. Danach hat sie trotzdem Chemotherapien bekommen und die Zeit war … sagen wir, nicht leicht. Mittlerweile ist sie seit einer Weile befundfrei, aber sie muss immer noch zu regelmäßigen Kontrollen und muss ihre Medikamente nehmen.« Ich lege den Kopf in den Nacken, schließe die Augen und atme tief durch, aber kein Atemzug schafft es, die Enge in meinem Brustkorb zu vertreiben.

»Hey.« Anna drückt ihre Hand fester an meine, während ich mit allem kämpfe, was mich seit Jahren so beschäftigt. Jahrelang dachte ich, dass sie mich einfach im Stich gelassen hat, weil ich es nicht wert war. Ich habe mich gefühlt wie der letzte Loser, der sie einfach nicht verdient hat. In Anbetracht der Tatsache, dass ich nichts von alldem geahnt habe, bin ich mir sogar sicher, dass es die Wahrheit ist. Ich hätte wissen müssen, dass etwas nicht stimmt. Dass es ihr nicht gut geht.

»Dein Geld hat ihr Leben gerettet. Und das wird sie dir niemals vergessen.« Ich erinnere mich daran, dass Sky in der Klinik dieselben Worte zu mir gesagt hat.

Du und dein Geld haben mir geholfen. Du hast auf so viele Weisen mein Leben gerettet, dass ich aufgehört habe, sie zu zählen. Meine Antwort war, dass sie meins ruiniert hat.

Ich sinke zur Seite und falle in Annas Arme. Sie zieht mich an sich und dann lasse ich alles raus, kann die Tränen nicht länger zurückhalten, auch wenn es mir peinlich ist, wie ein Baby zu heulen. Jeder Dämon, jeder Schmerz, jede Wut bricht einfach aus mir heraus, ohne dass ich es stoppen könnte. *Ich habe ihr Leben gerettet.* Und das ist alles, was zählt.

SKYLAR

Gegenwart

»Hey, Bubbles.« Anna betritt den Raum, ist mit schnellen Schritten bei mir und legt ihre Hand auf meine. Sie fühlt sich warm an und sofort weicht die Kälte aus mir. Hätte ich die Kraft, würde ich sie an mich ziehen und nie wieder loslassen, aber mein Blick ist immer noch nicht klar und meine Gedanken bringen meine Schläfen zum Explodieren. Mom und Dad waren auch schon bei mir, aber ich bin es leid, mir ihre Vorhaltungen anzuhören. Deshalb wollte ich Anna sehen.

Weil sie kein Mensch ist, der mich belehrt.

Weil sie mein Anker ist.

Und sie mich besser versteht als ich mich selbst.

»Hey«, antworte ich brüchig. Sie zieht sich den Stuhl ans Bett und setzt sich neben mich, denkt aber nicht daran, meine Hand dabei loszulassen. Ihre Augen sehen glasig aus und ich weiß, dass sie geweint hat. Wieder einmal habe ich es geschafft, jemanden, den ich liebe, zu enttäuschen. Aber gerade bei meiner Schwester hatte ich gehofft, sie nie wieder zum Weinen zu bringen.

»Wie geht es dir?« Sie streicht mir eine Haarsträhne aus dem Gesicht und grinst mich an, als würde es ihr wunderbar gehen. Sie hat immer ihre eigenen Gefühle nach hinten gestellt, wenn es um mich ging. Hat ihre Probleme für sich behalten, wenn es für mich schwer war. Hat meine Hand gehalten, wenn ich im Krankenhaus gegen die Nebenwirkungen der Chemo gekämpft habe. Und sie war es, die mich im Arm gehalten hat, als mich mein Liebeskummer fast zu Boden gerungen hat.

»Den Umständen entsprechend.« Ich erinnere mich noch daran, wie mich dieser Kerl ins Wohnzimmer geschliffen hat, danach prangt ein riesiges schwarzes Loch in meinem Gedächtnis. Ich weiß nicht, was dieser Typ mit mir gemacht hat, während ich weggetreten war, aber der Arzt hat Entwarnung gegeben. Es gibt keine Anzeichen dafür, dass einer der Männer … ich will diesen Gedanken gar nicht zu Ende bringen, weil er mir eine Gänsehaut über den Rücken jagt.

»Was machst du nur für Sachen, hm?« Ich rapple mich ein Stück auf, und zu meinem Erstaunen helfen die Schmerzmittel so gut, dass ich von meinen geprellten Rippen nichts mehr spüre. Nur die blauen Flecke erinnern mich daran, was passiert ist und dass

Kaleb und ich tatsächlich den weiten Weg hierher auf uns genommen haben. Bei der Erinnerung an die Gespräche, die wir geführt haben und die Intimität, die wir teilten, vergesse ich die letzten Stunden. Am liebsten würde ich sie einfach komplett von der Festplatte löschen, damit sie keinen Schatten auf den Rest werfen. Keine Spuren hinterlassen.

»Es tut mir leid, Anna. Ich wollte euch nicht enttäuschen.« Aber noch weniger wollte ich weiter in den Ketten meiner Eltern leben. Meine Schwester weiß sofort, was ich noch sagen will, und nickt verständnisvoll.

»Ich weiß. Ich habe Mom und Dad gleich gesagt, dass es eine dumme Idee ist, dich da hinzuschicken. Sie hätten dich niemals gegen deinen Willen dorthin bringen dürfen.« Dabei will ich ihr widersprechen. Ohne die Klinik hätte ich Kaleb nicht wiedergetroffen, und das ist alles, was für mich im Moment zählt. Die Einrichtung hat mir so viel mehr gegeben, als ich für möglich gehalten hätte.

»Ich habe es ihm erzählt«, platzt es aus Anna heraus, als könnte sie meine Gedanken lesen. »Kaleb, meine ich. Er hat mitbekommen, dass Dr. Martens unsere Eltern kennt und dass du Medikamente nehmen musst. Ich … ich musste einfach mit ihm sprechen.« Im ersten Augenblick zieht sich meine Kehle zusammen, aber dann entspanne ich mich. Auch wenn ich weiß, dass es meine Aufgabe gewesen wäre, ihm die Wahrheit zu sagen, bin ich ihr dankbar dafür. Keine Ahnung, ob ich es allein gepackt hätte.

Ich hatte schließlich so oft die Chance, ihm alles zu erzählen, und doch habe ich jedes Mal gekniffen, wenn es ernst wurde. Wovor ich solche Angst habe, kann ich mir selbst nicht erklären.

»Danke«, flüstere ich und spüre, wie trocken meine Lippen sind. Anna greift nach dem Glas auf meinem Beistelltisch und gibt es mir. Sobald ich meine Lippen befeuchtet habe, sammle ich neue Kraft.

»Ist er noch hier?« Ich habe keine Ahnung, was passiert ist, aber ich habe vage mitbekommen, dass er mich gemeinsam mit einem anderen Mann hergebracht hat. Ich lag auf einer Rückbank, während Kaleb mich gehalten hat. Bei der Erinnerung daran, wie diese Schweine ihn verletzt haben, wird mir speiübel.

Anna nickt.

»Er wartet draußen und wird auch nicht so schnell verschwinden.« Meine Schwester sieht mir sofort an, was mir auf der Zunge liegt. Sie beugt sich über mich, haucht mir einen Kuss auf die Stirn und lächelt mich an. »Ich hole ihn rein.«

***

Als die Tür das nächste Mal aufgeht, schlägt mein Herz augenblicklich schneller. Manche Menschen müssen nur den Raum betreten und schon fühlt sich alles viel leichter an. Kaleb sieht müde aus, tiefe Schatten liegen unter seinen Augen und seine Haare sind das reinste Chaos. Sobald sich unsere Blicke treffen, fällt uns beiden eine Last von den Schultern. Kaleb setzt sich auf den Rand meines Bettes und ist mir immer noch viel zu fern. Aber ich weiß, dass er das, was er eben erfahren hat, erst einmal verarbeiten muss. Man erfährt nicht jeden Tag, dass man die ganze Zeit angelogen wurde.

»Hey«, flüstert er. Seine Stimme klingt erleichtert und angespannt zur selben Zeit. Die Angst, dass er mich jetzt wieder von sich fernhält, erdrückt mich beinahe.

»Hi«, antworte ich und nehme all meinen Mut zusammen. Wenn ich jetzt weiterhin kneife, wäre das ihm gegenüber nicht fair. Nicht nach allem, was er für mich getan hat. Als ich sagte, dass er mir mein Leben gerettet hat, war es nicht nur eine Floskel, sondern die Wahrheit.

»Es tut mir leid.« Meine Hände zittern vor Nervosität. »Dass du es von meiner Schwester erfahren hast und nicht von mir. Es wäre meine Aufgabe gewesen, dir die Wahrheit zu sagen.« Vor allem wäre es meine Aufgabe gewesen, ihm sofort von meiner Diagnose zu erzählen. Kaleb hat den Mund zu einer harten Linie verzogen und ich kann mir kaum vorstellen, wie es in ihm aussieht. Wie es sein muss, nach all den Jahren ohne Erklärung endlich eine zu erhalten. Eine, die mir und meiner ganzen Familie damals den Boden unter den Füßen entrissen hat.

»Es muss dir nicht leidtun.« Sein Blick ist trotzdem gekränkt. »Aber ich verstehe nicht, wieso du mir nicht die Wahrheit gesagt hast. Wieso hast du mir nicht vertraut?«

»Ich habe dir vertraut«, stelle ich sofort klar, weil ich nicht will, dass er aus meinen Entscheidungen falsche Schlüsse zieht. Meine Hand wandert zu seiner und sofort verschränken wir sie miteinander. »Ich hatte Angst.«

Kaleb steht die Verwirrung mitten ins Gesicht geschrieben, so wie mir die Erleichterung darüber, dass er wirklich hier bei mir ist.

»Angst? Skylar Jones kennt keine Angst.«

Ich zucke mit den Schultern und starre an die Decke. »Das dachte ich auch. Aber als die Diagnose kam … wir waren gerade so glücklich, weißt du? Du hattest es zu Hause schwer genug und immer, wenn ich bei dir war, konntest du all deine Probleme für ein paar Stunden vergessen. Wenn du gewusst hättest, was bei mir los ist, hätte das alles überschattet. Dann hätte sich alles nur noch um diese Diagnose gedreht und das wollte ich weder dir noch mir antun. Wenn wir zusammen waren, fühlte ich mich gesund. Frei von allem.«

Früher kam mir dieser Weg als einzig richtiger vor. Heute weiß ich, dass ich Kaleb an meiner Seite gebraucht und er die Wahrheit verdient hätte. Er führt meine Hand zu seinem Mund und küsst sie. Seine Lippen sind weich und ich sehne mich danach, ihn zu küssen. Aber ich bin immer noch zu schwach, um mich groß zu bewegen, also gebe ich mich mit einem Kuss auf den Handrücken zufrieden. Vorerst.

»Ich hätte für dich da sein können.« Er blinzelt ein paar Tränen weg, und als er schließlich nach vorne sinkt und seinen Kopf auf meine Brust legt, bricht es mir das Herz, ihn so zu sehen. Genau dieses Bild wollte ich niemals erblicken. Ich wollte nicht, dass es noch einen Menschen in meinem Leben gibt, der meinetwegen in den Abgrund fällt. Kaleb krallt sich in dem Stoff meiner Decke fest und vergräbt sein Gesicht an meiner Schulter. Weil er nicht will, dass ich die Tränen sehe, die er meinetwegen vergießt.

»Ich war nicht für dich da, Sky«, wispert er und sofort nimmt das schlechte Gewissen gigantische Ausmaße an. »Ich war nicht für dich da, als du krank wurdest. Nicht, als du operiert wurdest. Und dann habe ich dich in Gefahr gebracht, weil ich dich mitgenommen habe. Weil ich dich mit in dieses Haus genommen habe und …« Er schluchzt und ich streiche ihm durch das Haar.

»Wer weiß, was diese Kerle mit dir gemacht haben, weil ich dich nicht beschützen konnte. Weil ich wieder versagt habe, als du mich am meisten brauchtest.« Weil seine Gedanken eine schreckliche Richtung einschlagen, greife ich nach seinen Schultern und schiebe ihn zurück, damit er mich ansieht. Seine Wimpern sind nass von den Tränen, die er meinetwegen geweint hat und ich habe aufgehört, zu zählen, wie viele ich seinetwegen verloren habe. Wie können zwei Menschen so gut und zur selben Zeit so schlecht füreinander sein? Es ist, als wären wir gleichzeitig High und Down. Licht und Schatten. Himmel und Hölle.

»Sie haben mir nichts angetan«, versichere ich ihm, weil ich selbst daran glauben will. Die Vorstellung, einer könnte sich an mir vergangen haben, während ich bewusstlos war, lässt mich fast ohnmächtig werden. *Ich war lange genug in der Ohnmacht gefangen.*

»Der Arzt sagte, dass es keine Anzeichen gibt. Hätten sie mir … hätten sie mir etwas angetan, würde man es herausfinden.« Meine Hand wandert zu seiner Wange und wie damals immer schmiegt er sein Gesicht an meine Haut. Der Mann, der jetzt vor mir sitzt, ist genau der, in den ich mich damals verliebt habe. Hals über Kopf. Ohne Wenn und Aber. In den letzten Wochen hat Kaleb alles darangesetzt, mich davon zu überzeugen, dass von seinem alten Ich nichts mehr übrig ist, aber in dieser Sekunde scheitert er. Seine Maske fällt einfach zu Boden wie eines der zahlreichen Blätter im Herbst.

»Ich würde es mir auch nie verzeihen«, antwortet er hart. Er küsst jeden einzelnen meiner Finger und zieht

Kreise mit seinen über meinen Unterarm. Sofort stellen sich alle Haare an meinen Armen auf und ich bekomme eine Gänsehaut. Wie jedes Mal, wenn er mich so berührt. »Mir geht es gut, Kaleb. Und auch wenn ich hin und wieder noch Medikamente nehmen muss, bin ich befundfrei. Du musst dir keine Sorgen um mich machen.« Weil er nicht antwortet, führe ich meinen Monolog weiter. Hier in diesem winzigen Krankenzimmer gibt es nur noch ihn und mich. Keine Schwestern, keine Ärzte, keine Eltern, keine Vorwürfe. Nur das Gespräch, das schon lange überfällig ist.

»Meine Eltern lieben mich und wollten immer das Beste für mich, aber sie wussten nie, dass du das Beste warst. Und als sie die Drogen bei mir gefunden haben … sie dachten, dass ich mit meiner Gesundheit spiele. Jetzt weiß ich, dass sie irgendwie sogar recht hatten.« Ich erinnere mich an viele Male, in denen ich dachte, dass die Drogen etwas heilen könnten, was kaputt gegangen war. Was zerbrochen war. Dabei sitzt das stärkste Medikament direkt vor mir und ich habe es aus eigenen Stücken abgesetzt. Kaleb hätte mir durch die Krankheit helfen können, stattdessen habe ich mich ohne ihn durch den Sturm gekämpft.

»Ich will nichts mehr nehmen«, setze ich noch hinterher. Kaleb bittet mich, ihm Platz zu machen, und legt sich anschließend neben mich. Sein Körper ist meinem endlich so nah, wie ich es brauche. Sofort lege ich mich an seine Schulter und genieße, als er den Arm um mich legt. In seinen Armen habe ich mich immer gefühlt, als könnte ich alles und jeden besiegen. Jeden Dämon. Jeden Schatten. Während sich draußen die Erde weiterdreht, steht in seinen Armen die Zeit still.

»Ich ziehe das mit dir zusammen durch«, murmelt Kaleb in mein Haar. »Wir nehmen nichts mehr.« Mein Grinsen wird immer breiter und ich frage mich, ob er eine Ahnung hat, wie viel mir seine Worte bedeuten. Wie viel es mir gibt, dass er mich trotz meiner Lügen immer noch an sich heranlässt.

»Danke«, flüstere ich und schmiege mich noch enger an ihn. Je länger wir hier liegen, desto mehr vergesse ich Raum und Zeit. Meine Augen werden schwer und irgendwann kann ich gegen die Last auf meinen Lidern nicht mehr ankämpfen. Kaleb streichelt meinen Rücken und gibt mir in kurzen Abständen immer wieder Küsse auf die Stirn. Und mit jedem einzelnen verblassen die Narben der Vergangenheit weiter.

»Wieso bist du nicht zu mir zurückgekommen? Ich hätte dir helfen können.« Er denkt immer noch darüber nach und ich weiß, dass ich seine Gedanken nicht zum Schweigen bringen kann. Ich inhaliere seinen Duft und falle immer tiefer. Mit dem Unterschied, dass unten dieses Mal keine Dunkelheit auf mich wartet, sondern nur Licht. »Ich bin doch zurückgekommen«, murmle ich schlaftrunken. »Und ich werde nie wieder gehen.«

SKYLAR

Vergangenheit

Ich war noch nie so aufgeregt wie heute Abend. Meine Reisetasche steht auf meinem Bett und ich stopfe wahllos Sachen hinein, die ich in den nächsten Wochen mit Kaleb brauchen könnte. Richtig realisiert habe ich noch nicht, dass wir das tatsächlich durchziehen, aber ich weiß, dass es der einzige Weg ist. Mein Blick fällt auf den braunen Umschlag auf meinem Nachttisch, in dem sich die fünftausend befinden, die meinen Eltern erst einmal unter die Arme greifen können, wenn ich weg bin. Summend rolle ich mein Ladekabel zusammen, und gerade, als ich die Tasche schließen will, klopft jemand leise an.

Ich lasse vom Reißverschluss ab und drehe mich um. Anna lehnt am Türrahmen und sieht mir stirnrunzelnd zu. Sie hat sich aufgebrezelt, vermutlich will sie heute noch mit Miles ausgehen. Ihre blonden

240

Haare sehen aus wie aus einem Werbespot für Haarpflegeprodukte. Ihre Lippen ziert ein sinnliches Rot und die Smokey Eyes verleihen ihr etwas Verruchtes. Sie sieht auf mein Bett und entdeckt meine Tasche.

»Wofür packst du?« Eigentlich habe ich Anna immer alles erzählt, aber dieses Mal konnte ich nicht. Sie würde es nicht verstehen, auch wenn ich mir wünschen würde, dass ich falsch liege. Mit ihr konnte ich immer über alles reden, was mich beschäftigt hat.

»Kaleb und ich werden übers Wochenende wegfahren«, verkünde ich mit breitem Grinsen, das sie hoffentlich überzeugt. Vor ihr zu stehen und zu wissen, dass ich sie erst einmal nicht mehr wiedersehen werde, tut höllisch weh. Auch wenn ich weiß, dass es kein Abschied für immer sein wird. Zumindest hoffe ich es … Anna sieht sich im Treppenhaus nach unseren Eltern um und kommt herein, als sie merkt, dass die Luft rein ist.

»Wissen Mom und Dad von deinem grandiosen Plan, vor der großen Operation noch wegzufahren?« Als sie den Termin nächste Woche anspricht, wird mir sofort schwindelig. Ich weiß, dass ich die OP brauche, ich weiß aber auch, wie es danach weitergehen würde. Ich würde von einer Therapie in die nächste rutschen und das ist das Letzte, was ich will. Kaleb weiß immer noch nichts von meiner Diagnose und ich werde es ihm erst sagen, wenn wir Chicago weit hinter uns gelassen

241

haben. Er wird es verstehen. Er muss einfach. Kaum auszumalen, was ich tun würde, wenn ich mich in ihm täusche und er mich sofort wieder zurückbringt und meinen Entschluss nicht akzeptiert.

»Sie wissen es noch nicht. Und deshalb -« Ich schiebe Anna zu meinem Bett, setze sie darauf ab und schwinge mich auf ihren Schoß. »Wirst du mir dabei helfen, sie abzulenken, bis ich weg bin. Und dann tust du so, als wüsstest du nichts von meinem Trip. Ich schreibe ihnen, sobald wir in dem Ferienhaus von Kalebs Onkel sind. Versprochen.« Anna schüttelt den Kopf und deutet mahnend mit dem Finger auf mich. Sie hat sich selbst ihre Nägel lackiert – es muss ein besonderes Date sein, das heute auf sie wartet. Sie trifft sich jetzt schon seit mehreren Wochen mit diesem Typen und weiß immer noch nicht genau, was das mit den beiden bedeutet.

»Vergiss es, Bubbles! Nutz mich nicht für deine Schandtaten aus. Außerdem finde ich es nicht gut, wenn du kurz vor dem Termin noch herumreist. Der Doc meinte, dass du jetzt so viel Ruhe wie möglich brauchst und dein Körper fit sein muss.« Ich verdrehe die Augen, woraufhin ich mir noch ermahnendere Blicke einfange. In diesen Momenten erinnert sie mich wahnsinnig an Mom. »Welche Schandtaten? Ich will nur noch das letzte Wochenende in Freiheit genießen, bevor nächste Woche der Krankenhausterror losgeht.« Sie so direkt anzulügen, bricht mir das Herz. Aber gerade Anna müsste doch wissen, dass ich dieses Leben nicht will. Ja, mir wurde eine verdammt beschissene Karte gegeben, aber wie ich sie ausspiele, liegt immer noch in meinen Händen. Und wenn ich den Ärzten glauben soll, stehen meine Chancen gerade mal bei vierzig Prozent, selbst wenn die Operation gut verläuft.

Ich will keine vierzig Prozent.

Ich will hundert.

Und die hundert will ich noch ausnutzen, solange es geht. Mit ihm.

»Ach komm schon, Anna. Kannst du diesem Gesicht widerstehen?« Ich schiebe meine Unterlippe nach vorne und mache große Augen. Sofort sehe ich, dass sie schwach wird. So war es schon früher, wenn ich als kleines Mädchen um ihren Nachtisch gebettelt habe. Der Bambiblick hat mich schon immer weitergebracht.

»Na gut. Aber nur, wenn du dein Handy anlässt und ich dich jederzeit erreichen kann. Vielleicht schaffe ich es, Mom mit ein paar Miles-Geschichten abzulenken, dann kannst du dich rausschleichen.« Ich werfe mich in ihre Arme und knutsche sie von oben bis unten ab, als wäre ich ein Hund. »Danke, Anna. Du bist die Beste.« Mein Blick fällt wieder auf den Umschlag mit dem Geld, also greife ich danach und gebe ihn ihr.

»Würdest du den Mom geben? Da ist genug Geld drin, um erst einmal wieder über die Runden zu kommen.« Anna klappt den Umschlag an einer Seite auf, und als sie die Scheine sieht, schnappt sie nach Luft.

»Bubbles, wo… woher hast du so viel Geld?« Panisch sehe ich zur Tür, aber als ich niemanden entdecke, wende ich mich wieder meiner Schwester zu.

»Vertrau mir einfach, wenn ich dir sage, dass ich dafür nichts Illegales tun musste.« Zumindest ist es die Wahrheit, immerhin war nicht ich es, die das Zeug zu Bargeld gemacht hat. Ich werfe einen Blick auf die Uhr – es ist schon kurz vor acht und in wenigen Minuten treffe ich Kaleb im Park.

Gerade als ich meine Tasche schnappen und mich noch mal bei Anna bedanken will, stürmt Mom in mein Zimmer. Tränen schimmern in ihren Augen und ihr gesamter Körper steht unter Strom. Ihre linke Hand ist zur Faust geballt. Kein gutes Zeichen. Absolut nicht.

»Mom?«, fragen Anna und ich im Chor. Und als unsere Mutter beginnt, sich durch meine Schränke zu wühlen wie eine Furie, bekomme ich Angst. Ich stelle mich vor sie und halte sie davon ab, noch mehr Chaos zu hinterlassen.

»Mom, was ist denn los?« Sie sieht mich so wutentbrannt an, dass mir Schauder über den Rücken jagen. Und als sie ihre Faust öffnet, weiß ich auch genau, wieso. Dass meine Angst mehr als begründet ist …

»Die habe ich in deiner Hosentasche gefunden«, wispert sie und ich starre die bunten Pillen emotionslos an. Scheiße, wie konnte ich die vergessen? Anna steht mittlerweile neben mir, und als sie die Drogen sieht, wird auch sie leichenblass. Bis jetzt wusste sie noch nicht, dass ich hin und wieder high bin. Dabei bin ich mir sicher, dass sie auch kein unbeschriebenes Blatt ist.

»Verdammt, Skylar. Liegt dir denn gar nichts an deiner Gesundheit?«, fragt Mom mich mit zitternder Stimme. Ihre Worte sind völlig absurd.

»Welche Gesundheit? Ich habe einen Tumor so groß wie eine verdammte Faust in meinem Bauch. Ich. Bin. Nicht. Gesund. Und da bringt es auch nichts, wenn ihr euch das einredet.« Ich will sie nicht anschreien, aber ich kann mich nicht davon abhalten. Eigentlich müsste ich jetzt schon auf dem Weg zu Kaleb sein, damit wir den Zug schaffen. Wieso kann nicht einmal alles nach Plan laufen?

»Bubbles, wieso machst du das?« Anna klinkt sich ein, aber ich ignoriere sie. Mom ist momentan die größte Baustelle, und wenn ich nicht zu spät kommen will, sollte ich mir dringend etwas einfallen lassen, um die Situation zu entschärfen, bevor die Bombe hochgeht.

»Das Zeug ist ganz harmlos, Mom. Das nimmt fast jeder in meiner Klasse.« Was eindeutig gelogen ist. Sie wirft die Pillen quer durch den Raum. »Das ist Schwachsinn! Ich weiß, wieso du das tust. Dass dieser Junge dich dazu verleitet, Drogen zu nehmen.« Als sie

Kaleb ins Visier nimmt, werde ich wütend. »Lass ihn da raus. Er hat rein gar nichts damit zu tun.«

»Und das soll ich dir glauben? Seit du dich mit ihm triffst, benimmst du dich wie ein anderer Mensch. Du bist bis in die Nacht weg, gehst nicht ans Telefon, weigerst dich, zu deinen Voruntersuchungen zu gehen.« Und all das hat nichts mit ihm zu tun. Weil mir die Zeit davonrennt, hole ich mein Handy heraus und entdecke bereits mehrere Nachrichten von ihm. Gerade als ich antworten will, reißt Mom mir das Handy weg und wirft es so heftig gegen den Schrank neben uns, dass es in zwei Teile zerspringt. Meine Brust zieht sich ruckartig zusammen, als ich das Überbleibsel meines Telefons sehe, auf dem sich alles befindet. Jedes Foto von Kaleb und mir, jede Nachricht.

»Du wirst dich mit diesem Jungen nie wieder treffen. Du wirst weder mit ihm schreiben, noch wirst du ihn anrufen oder ihn sehen.«

Die Worte bleiben wie ein Klotz aus Emotionen in meiner Kehle hängen und ich sehe Hilfe suchend zu meiner Schwester. Sie sieht zurück zu meiner Reisetasche, hin zu den Pillen am Boden und scheint eins und eins zusammenzuzählen. Anna kennt mich am besten, sie weiß jetzt, dass ich abhauen wollte. Dass ich ihr deshalb den Umschlag anvertraut habe, anstatt meinen Eltern selbst das Geld zu geben.

»Sky, Mom hat recht. Du musst jetzt erst mal daran denken, gesund zu werden.« Mittlerweile laufen mir

Tränen über die Wangen, die sich anfühlen wie Benzin, das sich jeden Moment entzünden kann.

»Ihr könnt mir nicht verbieten, ihn zu sehen.«

Mom sieht entschlossener aus, als ich sie je gesehen habe. »Können wir. Und wenn du dich weigerst, verschwinden wir von hier oder stecken dich direkt in eine Klinik. Und vorher werde ich dafür sorgen, dass die Polizei das Haus dieser Sippe durchsucht.« Wie eine Ohrfeige trifft mich der verbale Schlag und ich falle zurück. Immer wieder sehe ich zu Anna, die jeglichen Blickkontakt zu mir meidet.

Sie wird mir nicht helfen. Mom sammelt die Pillen auf, nimmt die Reste des Telefons an sich und kramt durch meine Schublade, bis sie auch meinen Laptop gefunden hat. Jede Möglichkeit, Kaleb Bescheid zu geben, wird mir genommen. Anna folgt Mom nach draußen, während ich auf mein Bett falle und kaum klar denken kann. Ein letztes Mal sehe ich zur Uhr an meinem Wecker und schluchze. Es ist fünf nach acht. Und ich bin nicht da.

***

Keine Ahnung, wie lange ich hier liege und mir die Augen aus dem Kopf weine. Es könnten mehrere Stunden sein, oder nur wenige Minuten. Seit Anna und Mom mich hier oben zurückgelassen haben, versuche ich, einen Weg zu finden, Kaleb zu erreichen, aber mir fällt keiner ein. Sie werden mich heute nicht mehr rauslassen und aus dem Fenster werde ich es niemals schaffen, ohne mir die Knochen zu brechen. Was bedeutet, dass ich direkt in ein Krankenhaus komme und bis zur Operation nicht mehr herausgelassen werde.

Ich rolle mich wie eine Schnecke zusammen, und als ich Geräusche von unten höre, schrecke ich sofort auf. Ich presse mein Ohr an die Tür, kann aber nicht viel erkennen. Nur gedämpft höre ich die Stimme meiner Mutter. Was, wenn *er* es ist? Was, wenn er mich holen will? Ich sprinte zu meiner Fensterbank und presse mich dicht an die Scheibe, kann aber durch das Vordach nichts sehen.

Aber er ist es.

Ich spüre es.

Draußen gießt es wie aus Eimern, als hätte sich das Wetter an meine Gefühlslage angepasst. Das Gespräch scheint nicht lange zu dauern, und als Kaleb Sekunden später in den Regen unseres Vorgartens tritt, bricht es mir das Herz. Er hat eine Tasche bei sich, so wie meine hier oben auf dem Boden liegt. Die Sachen habe ich durch den Raum geworfen, weil ich mich abreagieren musste. Ich lege die Hand an die kühle Fensterscheibe und sehe den Jungen an, für den ich alles geben würde. Für den ich es sogar riskieren würde, zu sterben, damit ich mit ihm für wenige Monate frei sein kann.

Kalebs Gesicht ist durch einen Schatten verdeckt, aber ich bin mir sicher, dass er weint. So wie ich. Ein Teil in mir will das Fenster aufreißen und seinen Namen schreien. Will ihm erklären, was hier passiert und wieso ich ihn enttäuschen musste. Dass ich zu ihm zurückkehren werde, wenn ich es kann. Aber ich bin wie gelähmt, als er mit gesenktem Kopf das Haus hinter sich lässt.

Mich hinter sich lässt.

Uns.

Ich rutsche nach unten und donnere meine Faust gegen die Wand, während weitere Tränen über meine Wangen laufen. Als ich das nächste Mal nach draußen blicke, ist Kaleb weg. Und dann beginnt das Benzin in meinen Adern, zu brennen.

KALEB

Gegenwart

»Wohin fahren wir?« Nachdem ich die halbe Nacht an Skys Seite im Bett lag, haben mich Raven und Phoenix so lange am Telefon terrorisiert, bis ich sie schließlich zurücklassen musste. Sie hat so fest geschlafen, dass sie mein Verschwinden nicht einmal bemerkt hat und ich hoffe, wieder bei ihr zu sein, wenn sie aufwacht. Es war befreiend, mit ihr zu sprechen, ganz ohne all die Geheimnisse. Ohne Lügen. Und doch brennt die Wahrheit auch jetzt noch wie ein Feuer in mir, weil ich nicht verstehe, wie ich so blind sein konnte. Wie ich nicht merken konnte, was mit ihr nicht stimmt.

»Wirst du schon sehen. Seit wann bist du so ungeduldig?«, lacht Phoenix. Ich sitze hinten, während Raven auf dem Beifahrersitz in sein Handy tippt. Vermutlich schreibt er seiner Freundin, wie sehr er sie vermisst.

»Woher wusstet ihr eigentlich, wo wir sind? Ihr wart so schnell in Chicago …« Zu unserem Glück. Wären sie zum Zeitpunkt meines Anrufes noch in Fort Myers gewesen, wären sicher schlimmere Dinge passiert. Skys Augen tauchen vor mir auf und ich lehne mich zurück, um mich den Gedanken an sie voll hinzugeben. Jeder Gedanke an sie ist wie ein verdammter Trip.

»Es war nicht die schlauste Entscheidung, ausgerechnet das Auto einer der Schwestern mitgehen zu lassen. Da sie ihren Schlüssel vermisst hat, war schnell klar, dass einer aus der Klinik der Täter sein musste. Es hat nicht lange gedauert, bis ihr aufgeflogen seid, weil ihr nicht in euren Zimmern wart.« Insgeheim war mir klar, dass es gefährlich sein würde, auf ein Auto der Schwestern zurückzugreifen, anstatt einfach ein anderes zu knacken. Ein Anfängerfehler, der uns jetzt aus der Scheiße geholfen hat.

»Außerdem war mir direkt klar, wohin du willst«, setzt Phoe noch hinterher und sieht mich im Rückspiegel an. Sein Blick ist ziemlich neutral, dafür, dass ich wieder mal nur für Ärger gesorgt habe.

»Und haben wir jetzt die Cops am Arsch?« Stress mit der Polizei ist das Letzte, was ich Sky jetzt noch zumuten möchte. Sie muss sich erst einmal wieder erholen und das hilft dabei eher weniger. Raven sieht mich über die Schulter an und grinst. Ich habe ihn, seit er uns verlassen hat, nicht mehr so entspannt erlebt. Normalerweise war da immer diese Anspannung, die

251

ihn umgeben hat wie eine dunkle Wolke. Was in Anbetracht seiner Vergangenheit wirklich nicht verwunderlich ist, immerhin hat er seine Freundin und sein Ungeborenes auf die wohl schlimmste Art und Weise verloren, die man sich nur vorstellen kann.

»Ihr könnt von Glück sprechen, dass ihr mich habt und ich so gut bei Frauen über vierzig ankomme. Lucy wird euch nicht anzeigen.«

»Vorausgesetzt wir bringen das Auto unbeschadet zurück«, setzt Phoe noch hinterher. Eine unsagbare Erleichterung erfüllt mich, die aber nachlässt, als wir in unsere Siedlung einbiegen. Phoenix parkt direkt vor unserem alten Haus. Mein Blick wandert zu dem Loch in dem Fenster, das ich vorhin eingeschlagen habe.

»Was wollen wir hier?« Nachdem wir von diesen Typen angegriffen wurden, ist das der letzte Ort, an dem ich sein will. Raven und Phoenix tauschen Blicke aus, die mich verwirren, und dann steigt Phoe aus und geht in Richtung Eingang, ohne etwas zu erwidern. Raven bleibt sitzen und deutet zu ihm.

»Ich glaube, du solltest ihm folgen.« Erst zögere ich, weil ich keine Zeit dafür habe und bei Sky sein müsste, aber Phoenix hat es verdient, dass ich ihm eine Chance gebe. Also steige ich aus, knalle die Tür hinter mir zu und folge meinem Bruder ins Haus. Mittlerweile steht die Tür weit offen, sodass wir nicht noch mal durchs Fenster einsteigen müssen.

Sobald ich das Wohnzimmer sehe und an Skys leblosen Körper denke, steigt wieder Magensäure in mir auf. »Ich weiß nicht, was das hier werden soll.«

Phoenix stellt sich an das Fenster, das nach draußen in den Garten führt. »Als Jamie gestorben ist, dachte ich, dass ich es nie wieder hinkriege. Dass ich nie wieder die Scherben, die ich verursacht habe, reparieren kann.« Er steht mit dem Rücken zu mir da und ich höre ihm nur zu, weil ich ohnehin nicht wüsste, was ich antworten sollte. All die Jahre, in denen ich diese Gespräche gebraucht hätte, stehen jetzt zwischen uns.

»Aber ich habe es versucht. Ich habe mich um Mom gekümmert, wenn sie sich halb zu Tode gesoffen hat, habe mich um Sum und Kade gekümmert.« Er atmet schwer. »Aber bei dir habe ich alles falsch gemacht, was ich falsch machen konnte. Ich habe dich in die Ecke gedrängt und anstatt dir zu helfen, alles nur schlimmer gemacht.« Auch wenn ich etwas sagen und ihm widersprechen sollte, bleibe ich ruhig. Weil ich mir anhören will, was er zu sagen hat.

Er dreht sich um, lehnt sich gegen die Scheibe und überkreuzt die Beine. Seine Hände stecken in den Hosentaschen und er starrt auf den Fußboden. An die Stelle, an der unser Sofa stand und auf dem ich den ein oder anderen Entzug durchmachen musste. Immer war er an meiner Seite. Eigentlich war Phoenix der Einzige, der immer da war. Ich konnte es nur nicht sehen, weil meine Wut die Sicht versperrt hat.

»Für dich war dieses Gebäude kein Zuhause, sondern ein Gefängnis, in das ich dich immer wieder geschleift habe. Dafür wollte ich mich bei dir entschuldigen.« Seine Ehrlichkeit knockt mich vollkommen aus. Das hier ist das intensivste Gespräch, das wir je miteinander geführt haben. Oder der intensivste Vortrag, immerhin habe ich noch keinen Ton gesagt, dabei brennen mir selbst zig Entschuldigungen auf der Zunge.

»Hätte ich nicht mit dem Dealen angefangen, hättest du nie damit angefangen, das Zeug zu nehmen.« Er kommt zu dem Tisch, greift in eine Schublade und holt die Tüte mit den Pillen heraus, die unter seiner Diele lagen. Die Kerle wollten sie mitnehmen, aber sie haben nicht mit meinen Brüdern gerechnet. In diesem Augenblick bin ich stolz, ein Teil von ihnen zu sein. Auch wenn sie das Leben mehrere Male gefickt hat, haben sie nie aufgehört, zu kämpfen. Zurückzuschlagen. Er wirft die Tüte zwischen uns auf die Arbeitsplatte, wo sie mit einem dumpfen Ton zwischen uns liegen bleibt.

»Ich könnte dir jetzt einen Vortrag darüber halten, dass wir dich zurück in die Klinik schleifen. Dass du so lange da drinbleiben musst, bis du diesen Anblick erträgst, ohne dass es in dir vor Verlangen schmerzt. Aber ich weiß, dass du so niemals clean wirst.«

Ich schlucke, als ich die Tüte sehe. Die kleinen Teile, die mir in so vielen Nächten ohne Sky die Gedanken genommen haben. Aber jetzt liegt dieses Mädchen im Krankenhaus und wartet auf mich. Mein Mädchen. Sie hat mir versprochen, dass sie nie wieder geht und ich glaube ihr. *Ja, dieses Mal wird sie mich nicht enttäuschen.* »Als ich mit Sky hierhergekommen bin, war es wegen den Drogen«, sage ich matt. Ich greife nach der Tüte, spüre das Material lebendig an meiner Haut. »Aber nicht, um sie zu nehmen.« Ich gehe zur Spüle, reiße die Tüte auf und schütte die Pillen in den Abfluss.

Mit rasselndem Atem lasse ich die Tüte hinterherfallen und drehe mich um. Sekunden später liege ich schon in Phoenix' Armen. Wieder einmal fühle ich mich wie ein Kind und dieses Mal lasse ich es zu. Weil ich in mir immer noch der kleine Junge bin, der seine Brüder braucht. Vor allem ihn. Phoe drückt mich an sich und ich schäme mich nicht mehr dafür, ihn zu brauchen.

»Komm wieder mit nach Florida«, bittet er mich ruhig. In den letzten Jahren war Phoenix immer der Impulsivste von allen, ein falsches Wort hat ihn explodieren lassen. Amber hat ihn zu einem Mann gemacht. Hat ihm gezeigt, dass der Hass in ihm nichts weiter ist als die Art, sich selbst für die Vergangenheit zu bestrafen. Dabei wissen wir alle, dass niemand für Jamies Tod verantwortlich ist.

»Dein Neffe wird dich brauchen.«

»Deinen Sohn ins Spiel zu ziehen, ist unfair. Du weißt, dass mich Babys schwach machen«, antworte ich mit zuckenden Mundwinkeln, was durch den Angriff mit dem Messer höllisch wehtut. Ich löse mich aus der Umarmung und sehe meinen Bruder an. Das erste Mal seit Langem sehe ich wieder zu ihm auf, anstatt ihm die Schuld zu geben.

»Habe ich je mit fairen Mitteln gekämpft?«

Ich schüttle den Kopf und nehme ein letztes Mal meinen ganzen Mut zusammen. Sky wäre stolz auf mich, wenn sie mich so sehen könnte. Ich greife in meine Hosentasche, hole das Ultraschallbild seines Babys heraus und gebe es ihm. »Ich brauche euch auch. Mehr, als ich zugeben will. Das ist mir jetzt klar geworden.« Wir sehen einander an und es ist, als wäre diese Barriere nie zwischen uns gewesen. Und ganz allmählich beginnen die Wunden, zu heilen.

***

Nachdem Phoe und ich unseren Krieg beendet haben, sind wir gemeinsam mit Raven zurück ins Krankenhaus gefahren. Mittlerweile ist die Sonne kurz davor, wieder aufzugehen, und ich kann nur hoffen, dass Sky noch schläft. Als ich leise in ihr Zimmer gehe, bleibe ich einen Moment an der Tür stehen und sehe sie an. Ihre blonden Haare haben sich über dem Kopfkissen verteilt, ihre Augen sind geschlossen und ihr Mund steht leicht offen.

Sie schläft. Und ich habe nie etwas Schöneres gesehen als die Ruhe, die sie dabei ausstrahlt. Bei ihrem Anblick könnte niemand die Narben sehen, die sie bei sich trägt und die andere längst in die Knie gezwungen hätten. Fast schleichend gehe ich zu ihrem Bett herüber, hebe die Decke an und schlüpfe unter sie, nachdem ich meine Schuhe ausgezogen habe. Dann beginne ich, ihren Hals zu küssen und sie wacht seufzend auf.

»Mmh«, murmelt sie und drückt sich enger an mich. Ich fahre mit den Fingerspitzen über ihr Schlüsselbein und spüre, wie ihr warmer Körper auf mich reagiert.

»So könnte ich immer geweckt werden.« Sie schlägt schlaftrunken ihre Augen auf und ich kann immer noch nicht begreifen, dass sie tatsächlich wieder mir gehören soll. Meine Finger ziehen Linien über ihre Arme, hin zu ihrem Bauch. Ich liebe jeden gottverdammten Zentimeter an ihr. Liebe, wie sich ihre Haare aufstellen, wenn ich sie berühre und wie ihre Wangen erröten, wenn ich sie küsse.

»Tut es noch weh?« Ich streife ihre Rippen, aber sie zuckt nicht mehr so heftig zusammen. Sky schüttelt den Kopf. »Nein. Die Schmerzmittel sind nicht ohne«, kichert sie. Ich hauche ihr einen weiteren Kuss auf die Schulter und sehe mir ihr Profil an. Die Morgendämmerung taucht das Zimmer in ein helles Blau und fast vergesse ich, wieso wir hier sind. Dass es kaum einen unromantischeren Ort gibt als ein Krankenhaus.

»Wo warst du?« Sky dreht sich in meine Richtung, greift nach meinem Shirt und zieht mich dichter an sich heran, als könnte sie keine Sekunde ohne meine Nähe überstehen. So wie ich mich in jeder Sekunde ohne sie verloren fühle. »Ich hatte gehofft, dass du es gar nicht bemerkst«, antworte ich und kann bei ihrem Anblick kaum klar denken. Wieder eine Sache, die sich seit damals nicht verändert hat. Sie hat mir schon damals den Kopf verdreht.

»Phoe und Raven haben mich so lange genervt, bis ich sie zurückrufen musste. Ich wollte dich nicht wecken.« So lange war das Verhältnis zwischen meinem Bruder und mir kaputt, dass ich noch gar nicht glauben kann, was heute Nacht passiert ist.

»Wir haben die Waffen niedergelegt.« Meine Worte bringen Sky sofort zum Strahlen, sie muss nicht einmal nachfragen, was ich damit meine. Schließlich stand sie schon an der Front mit mir, als der Krieg losging. Sie streift mit ihren Fingern über meine Wange.

»Ich habe den Schwestern gesagt, dass sie Phoenix anrufen sollen. Als du den Alkoholvorrat von den Schwestern geplündert hast, meine ich.« Sie sucht in meinem Gesicht nach einer Reaktion, aber ich lasse sie weiterreden. »Ich wusste, dass ich dir nicht helfen kann, und dass es nur einen gibt, den du in diesem Moment brauchst. Du hast mir damals gesagt, dass du Phoenix hasst. Aber ich habe dir immer angesehen, dass es nicht stimmt. Dass du bloß hasst, wie es zwischen euch geworden ist.«

Und sie kannte mich schon damals besser als ich mich. Eine Weile lang liegen wir nur hier und genießen das immer wärmer werdende Licht hier drin. Scheint, als würde sich Chicago für den Scheiß der letzten Jahre mit einem grandiosen Sonnenaufgang bei uns entschuldigen wollen. An diesem Tag würde ich jedem verzeihen, selbst dieser Stadt, die so viel Unglück in mein Leben gebracht hat.

»Wie geht es jetzt weiter? Kriegen wir Ärger mit der Polizei wegen des geklauten Autos?« Sky hatte nie Angst vor solchen Dingen, aber jetzt sieht sie nahezu panisch aus.

»Raven hat uns einen Deal herausgeschlagen. Wenn wir das Auto unversehrt zurückbringen und freiwillig in der Klinik bleiben, bis die Ärzte uns entlassen, hetzt sie uns nicht die Cops auf den Hals.« Der Gedanke, zurück in diese Klinik zu gehen, ist nicht mein liebster, aber ich weiß, dass mir eigentlich keine andere Wahl bleibt. Gerade nach der Versöhnung mit Phoe will ich es zum ersten Mal richtig machen. Ich habe ihn lange genug enttäuscht. Sky grinst mich breit an.

»Ich gehe überall mit dir hin, Kaleb.« Sofort legt sich – so bescheuert es auch klingt - ein warmes Gefühl um mein Herz. Ich ziehe sie enger an mich und lege meine Lippen auf ihre.

Sky seufzt in meine Mundhöhle, als ich sie auf den Rücken drehe, mich über sie beuge und all das nachhole, was wir in den letzten Stunden verpasst haben.

Sie gräbt ihre Nägel in meinen Rücken und schiebt mir ihr Becken entgegen, während unsere Zungen miteinander tanzen. Mit Leichtigkeit habe ich ihr dieses grässliche Krankenhausoutfit ausgezogen. Darunter ist sie nackt. Ich atme rasselnd die dünner werdende Luft hier drin ein.

Meine Hand wandert über ihre Brüste, hinab zu ihrem Bauch, und als ich ihre Mitte streife, wirft sie den Kopf murmelnd zur Seite. Es ist uns egal, dass wir in einem Krankenhaus sind. Dass jeden Moment eine Schwester reinkommen könnte, um die ersten Untersuchungen mit Sky zu machen. Ich wandere mit den Fingern über ihre Innenschenkel, wohl darauf bedacht, ihren Kitzler noch nicht zu berühren.

Weil ich weiß, dass es sie verrückt macht, wenn ich sie zappeln lasse. Skys Augenlider schließen sich flatternd, und als ich schließlich doch mit zwei Fingern in sie eindringe, stöhnt sie so laut auf, dass es sicher im ganzen Gebäude zu hören ist. Sie ist unfassbar nass für mich, und das, obwohl ich sie bis jetzt nur harmlos geküsst habe.

Ich halte die freie Hand vor ihren Mund, um ihr Wimmern abzudämpfen und uns mehr Zeit zu verschaffen, bis jemand nach dem Rechten gucken kommt. Ihr Atem geht schneller, je länger ich mich in ihr bewege. Eine Weile massiere ich sie noch, bevor ich meine Finger aus ihr ziehe, sie in meinen Mund schiebe, um sie zu schmecken, und stattdessen mit meinem Kopf Richtung Mitte wandere.

Sobald meine Zunge ihre Klitoris berührt, zuckt sie so heftig zusammen, dass ich fast Angst habe, ihr wehzutun. Nach allem, was sie durchgemacht hat, besteht sie in meinen Augen aus Porzellan. Und ich werde alles dafür tun, um sie nie wieder zu zerbrechen …

KALEB

Einige Monate später

»Bist du nervös?« Sky ist gerade dabei, der großen Schokoladentorte die letzten Verzierungen zu verpassen, während ich ihr dabei zusehe. Sie sieht wieder einmal zum Anbeißen aus und es fällt mir schwer, mich überhaupt auf etwas anderes als ihren Arsch zu konzentrieren, der unter der Shorts herausblitzt. Dieses Teil ist definitiv zu kurz für meine versauten Gedanken und wenn sie nicht will, dass ich mich auf der Stelle vergesse, sollte sie sich schleunigst umziehen.

»Wieso sollte ich nervös sein?« Ich stelle mich hinter sie und beginne, ihren Nacken zu küssen. Zu meinem Glück trägt sie die Haare zu einem Dutt gebunden, sodass ich keine lästigen Strähnen im Gesicht habe. »Weil du jetzt Onkel bist, natürlich.« Sky lässt die

Kuchenspritze auf der Anrichte liegen und presst sich an mich. Ihren Kopf legt sie leicht in den Nacken.

»Du lenkst mich ab, Baby.«

»Gefällt es dir nicht?« Ich kenne die Antwort. Ihre Atmung wird schneller und ihr Arsch drückt sich gegen meinen Schritt. Wir sind seit zwei Monaten aus der Klinik raus und seitdem fühlt es sich an, als wäre mein Leben ein anderes. Als hätte ich eine zweite Chance bekommen, die ich um jeden Preis nutzen will. Wir haben seitdem nie wieder Drogen angerührt, und auch wenn es immer noch Tage gibt, an denen ich schwächer bin, überwiegen die starken Tage.

Sky ist meine Rettung.

Sie ist es, die mich immer wieder daran erinnert, dass wir besser sein können als unsere Vergangenheit. Ich wandere mit den Lippen über ihren Nacken hin zu ihren nackten Schultern, die durch die Sonne hier schon braun geworden sind. Ich liebe es, wenn sie so wenig anhat und ich ihre Haut ohne lästigen Stoff küssen kann. Sky dreht sich um, sodass sie zu mir aufsehen kann. Ihr Wimpernschlag knockt mich immer noch jeden Tag aufs Neue aus.

»Natürlich gefällt es mir, aber die Torte muss fertig sein, wenn sie kommen. Das war immerhin meine einzige Aufgabe!« Sie wandert mit ihrem Blick über meinen Körper, und als sie meinen Schwanz sieht, der sich unter der Jeans abzeichnet, zieht sie scharf die Luft ein. Ich zwinkere ihr zu und küsse sie auf den Mund.

Sie schmeckt nach Schokolade, weil sie die Finger nicht von dem Teig lassen konnte. Am liebsten würde ich sie auf die Arbeitsplatte heben und vergessen, dass wir keine Zeit hierfür haben. Will ihr zeigen, dass ich die Finger nicht von ihr lassen kann.

»Was macht ihr Turteltäubchen denn da?« Kade stürmt in die Küche und stellt sich neben uns. Sein Blick fällt auf die Torte, was Sky sofort dazu animiert, von mir abzulassen und sich weiter an die Arbeit zu machen.

Zum Teufel mit dir, Kade.

Zu meinem Glück ziehen wir nächsten Monat in unsere erste eigene Wohnung. Keine Geschwister mehr, die einfach hereinplatzen.

»Dein Bruder ist nicht unbedingt der beste Motivator«, schmunzelt sie und beginnt, die letzte Schokocreme auf der Torte zu verteilen. In der Mitte hat sie mit Zuckerguss zwei Worte geschrieben. *Welcome, Jamie.* Kade schlägt mir brüderlich gegen die Schulter.

»Lass die Finger von ihr, bis die Torte fertig ist. Danach könnt ihr meinetwegen machen, was ihr wollt, aber bitte nicht in der Küche. Ich bin mit Putzen dran und will wirklich keine weißen Flecken hier sehen!« Mein Bruder grinst mich breit an, und als schließlich die Haustür geöffnet wird, schlägt mein Herz rasend schnell.

Sky hatte recht. Ich bin scheiße aufgeregt. Gemeinsam gehen wir ins Wohnzimmer, wo auch Mom und Sum auf uns warten. Alle starren gespannt zur Tür, und als Phoenix und Amber hereinkommen, ist es kurz ganz still. In Phoenix' Armen baumelt ein Tragekorb. *In dem mein Neffe liegt, der gestern Nacht geboren wurde.* »Hey«, begrüßen sie uns im Chor und könnten kaum glücklicher aussehen. Auch wenn man den Schatten unter ihren Augen ansieht, dass die Geburt nicht leicht war, strotzen sie vor Stolz. Mom ist die Erste, die den beiden gratuliert, gefolgt von Summer, die völlig aus dem Häuschen ist, weil sie jetzt endlich einen Neffen hat. Seit Wochen spricht sie von nichts anderem mehr und sie ging uns allen damit ziemlich auf den Keks. Aber auf ihre liebenswerte Sum-Art eben.

»Er ist so klein!«, quiekt sie und springt auf der Stelle. Phoenix stellt die Trage auf dem Boden ab und holt Jamie heraus. Das Erste, was ich sehe, ist ein kleines, knautschiges Gesicht. Ich konnte Babys eigentlich nie viel abgewinnen, aber das hier ist etwas anderes. Dieses kleine Wesen gehört jetzt zur Familie. Nachdem sich alle auf die beiden gestürzt haben, bin ich als Letztes an der Reihe.

Phoenix kommt lachend auf mich zu, und als er mir meinen Neffen überreicht, habe ich Angst, ihn zu zerbrechen. Wie kann jemand so unfassbar winzig sein? Wie ein Weltwunder starre ich die sechs Pfund in meinen Armen an, und als ich ihm meinen Finger hinhalte, krallt er sich sofort an ihm fest.

Fuck.

Wieso fühlt sich das so gut an?

»Hey, kleiner Mann.« Scheiße, sind das echt Tränen in meinen Augen? Wegen eines Babys? Ich spüre alle Blicke auf mir. Meine ganze Familie hat sich im Kreis um uns versammelt, als hätten sie auf diesen Moment gewartet. Skys Blicke spüre ich am meisten auf mir. Sie brennen förmlich und sorgen dafür, dass ich mich kaum konzentrieren kann.

»KayKay. Das Baby mag dich! Guck!« Summer kichert, und als ich Jamie ins Gesicht blicke und er grinst, explodiert mein verdammtes Herz. Die ersten Tränen rinnen über meine Wangen, als ich ihm einen Kuss auf die Stirn gebe. Scheiß drauf, dass ich mich wie ein Weichei benehme. Ich bin es leid, meine Gefühle hinter einer Maske zu verstecken. Ambers Hund Noah kommt verschlafen in den Raum, tapst auf uns zu und schnuppert vorsichtig an Jamies Strampler. Dann lässt er desinteressiert wieder von ihm ab, hüpft aufs Sofa und kringelt sich wie eine Schnecke ein.

»Ich werde immer auf dich aufpassen.« Wie aufs Stichwort drückt Jamie seine kleinen Finger noch fester um meinen. »Weil es das ist, was unsere Familie ausmacht.« Ich sehe auf und spüre so viel Liebe im Raum, dass es für ein ganzes Leben reichen könnte. In diesem Augenblick frage ich mich, wie ich mir je wünschen konnte, kein Teil hiervon zu sein. Ich sehe Mom an, die ebenfalls mit den Tränen kämpft. Hin zu Kade, dessen Grinsen Bände spricht. Weiter zu Sum, die Sky an der Hand hält und vor Euphorie kaum stillhalten kann. Und dann sehe ich zu Phoenix. Wir sehen einander an und wissen genau, was der andere denkt. Er zwinkert mir zu und zieht Amber fest an sich. Ja, verdammt. Das hier ist ein Happy End, das unsere Familie nach all der Dunkelheit verdient hat.

SKYLAR

»Kaum zu glauben, dass wir Menschen dazu in der Lage sind.« Kaleb kann an nichts anderes mehr denken, seit Phoenix und Amber uns ihren Nachwuchs vorgestellt haben. Als ich ihn mit Jamie im Arm gesehen habe, wusste ich, dass ich das auch eines Tages will. Und zwar nur mit ihm. Es gibt keinen Menschen, den ich mir besser an meiner Seite vorstellen kann als ihn. Keinen, der mich so gut kennt und immer weiß, was ich denke.

»Ich meine, das ist doch völlig verrückt, oder nicht?« Wir liegen auf dem Dach des Hauses und starren in den Himmel. Durch die Lichtverschmutzung hier kann man keine Sterne sehen, aber wir stellen sie uns einfach vor. *Manche Dinge muss man nicht sehen können, damit sie da sind.*

»Finde ich auch«, antworte ich ihm und stütze mich auf den Ellbogen ab, um ihn anzusehen. Seit einigen Wochen ist es, als wären wir andere Menschen. Als wäre der Ballast auf unseren Schultern einfach zu Asche zerfallen, als wir diese Klinik hinter uns gelassen haben. Die Zeit hat uns noch enger zusammengeschweißt und mittlerweile bin ich mir sicher, dass uns nichts mehr trennen kann. Wir hatten Highs und Downs, aber jetzt erinnere ich mich nur noch an die guten Zeiten. Die Downs sind nur noch Schatten der Vergangenheit.

»Ich will auch ein Baby«, träume ich vor mich hin. »Also irgendwann, meine ich.« Scannend sehe ich Kaleb, in der Hoffnung, seine Mimik lesen zu können, an. Er fährt mit seinen Fingern über meine Oberschenkel und jedes Mal, wenn er mich berührt, gleicht es einem Feuerwerk.

Woran man merkt, dass die Liebe zu einem Menschen bedingungslos ist? Wenn es sich auch nach Jahren wie am ersten Tag anfühlt. Wenn Kaleb mich ansieht, blende ich alles um mich herum aus. Wenn er mich küsst, fokussiere ich mich nur auf seinen Geschmack. *Wenn ich in seinen Armen liege, ist es, als würde mich die Welt umarmen. Meine Welt.*

»Weißt du, was mir am besten daran gefällt?« Seine Frage lässt mich den Kopf schütteln und ich kann es kaum erwarten, seine Antwort zu hören. Ich liebe es, wenn er seine Gedanken mit mir teilt. »Sag es mir.« Als Nächstes drehe ich mich auf den Rücken und warte, bis er sich auf mich legt. Weil es kein schöneres Bild gibt als ihn über mir mit dem Himmel im Hintergrund.

»Wie Babys gemacht werden.« Er grinst breit und ich boxe ihm lachend gegen die Schulter. Kaleb steht der Schalk ins Gesicht geschrieben, und als er mich unerwartet küsst, beginnt es wieder. Das Feuerwerk. Die Explosionen. Die Schmetterlinge, die in meinem Bauch Tango tanzen.

»Die Wahrheit ist -« Er küsst meinen Mundwinkel und sofort zuckt er nach oben. »- dass ich es nicht erwarten kann, ein Baby mit dir zu haben, Sky.« Die Ehrlichkeit in seinen Worten haut mich schier um und ich spüre, wie sich meine Augen mit Tränen füllen. Die Emotionen kochen an diesem Tag eindeutig über.

»Ich kann es kaum erwarten, diesen ganzen Quatsch zu machen, der mir früher zu konventionell war. Heiraten, Kinder kriegen ...« Wieder küsst er mich, und als er seinen Körper dichter an meinen schiebt, vergesse ich erneut Raum und Zeit. Der richtige Mensch ist bei dir, wenn alles andere um dich herum ganz klein wird.

Wir sehen uns an und ich verliebe mich mit jedem Tag neu in ihn. Weil ich immer noch Seiten an ihm entdecke, die ich nicht kannte.

So wie diese, bei der er von Kindern und Hochzeiten spricht, als wäre es sein größter Wunsch, mit mir alt zu werden. Meine Hände wandern zu seinen Schultern, hoch zu seinem Hals und halten an seinem Gesicht inne. »Ich war in den letzten Jahren öfter dem Tod nah«, wispere ich und erinnere mich daran, dass Kaleb in der Klinik dieselben Worte zu mir sagte, bevor er eingeschlafen ist. Während ich mit der Krankheit kämpfte, hat er den Kampf gegen die Drogen beinahe verloren.

»Willst du wissen, was ich immer als Letztes gesehen habe? In den Momenten, in denen ich dachte, dass es vorbei ist?« Seine Antwort habe ich damals nicht mehr bekommen, aber jetzt weiß ich sie, ohne dass er sie aussprechen muss. Funken sprühen zwischen uns, und als mich eine seiner Tränen auf dem Kinn trifft, wische ich sie ihm von den Wangen.

Diesem wunderschönen Mann, der mein Herz im Sturm erobert und niemals verloren hat. Als ich zu einer Antwort ansetze, spricht Kaleb gemeinsam mit mir seine Gedanken aus, so als wären wir eine Seele aufgeteilt in zwei Körpern.

»Ich habe *dich* gesehen.«

ENDE

Nachwort

Wow. Ich bin immer noch ganz durcheinander. Kaleb und Skylar hatten eine harte Reise vor sich, aber sie haben mir auch gezeigt, dass die besten Geschichten die sind, für die man kämpfen muss. Dieses Buch bedeutet mir – genau wie die Vorgänger – unheimlich viel. Für mich geht es um viel mehr als nur um die Liebesgeschichte zwischen K. und Sky. Für mich geht es ums Kämpfen, ums Stark sein, und vor allem freut es mich, dass Phoenix und Kaleb endlich ihren Krieg beenden konnten. Denn wenn ich eines lernen durfte, dann das: Familie ist alles.

In diesem Sinne danke ich allen, die wieder mit mir auf die Reise gegangen sind. Jedem, der sehnsüchtig auf Kaleb gewartet hat. Ich hoffe, dass ich euch nicht enttäuscht habe.

Vorerst wird die Reise der Nolans hiermit enden … was nicht heißt, dass sie in unseren Köpfen nicht immer weitergehen kann.

Eure
Sara